我們都是地球人

——被遺忘的孩子

陳美齡 著
AGNES CHAN

陳怡萍 譯

埃塞俄比亞的兒童改變了我的人生

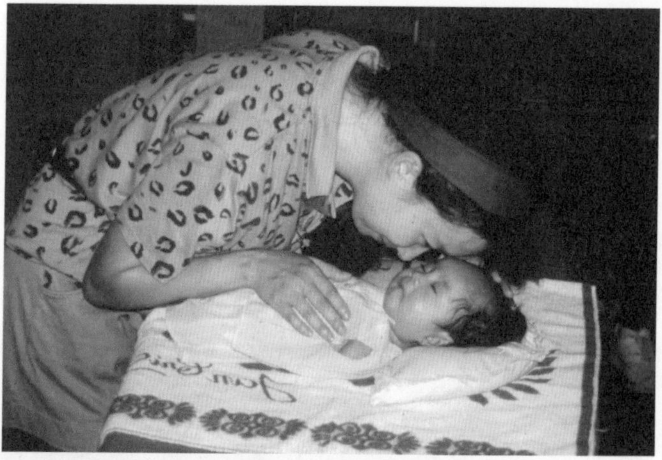

生下來就沒有手腳的越南小女孩

在泰國，最弱小的生命最容易受到欺凌。

被賣到泰國的柬埔寨兒童的遭遇，慘無人道。

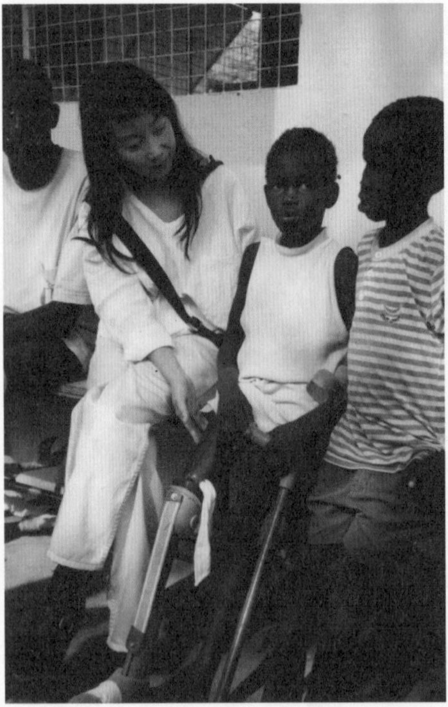

在南蘇丹的戰火中受傷，需使用義足的兒童。

伊拉克的戰爭令很多兒童失去快樂童年

旱災令布基納法索的孩子受到難以想像的痛苦

菲律賓的街童在垃圾堆尋找可換錢的東西

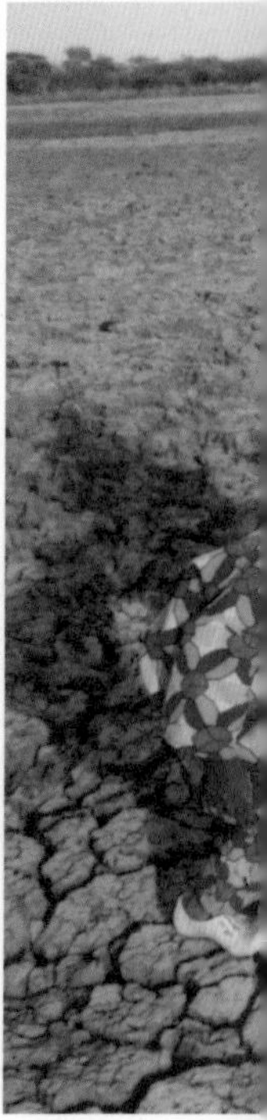

可愛的賴索托兒童受到愛滋病的威脅

上圖：印度的身份歧視令兒童無法有美好將來
下圖：索馬里的宗教傳統令女孩的身體受傷害

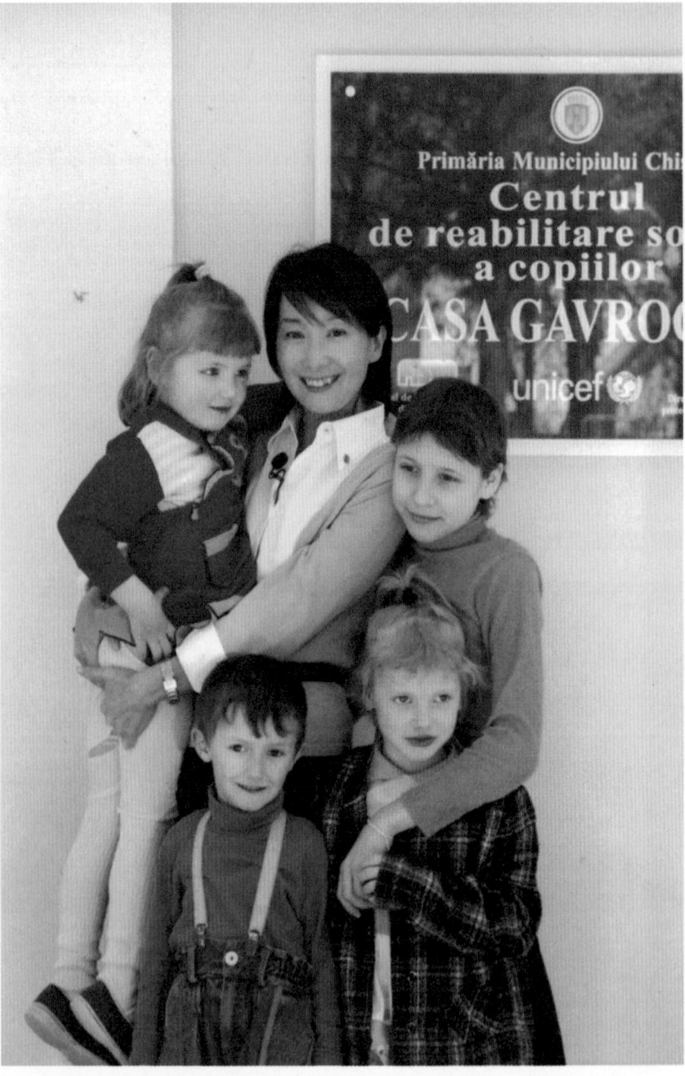

摩爾多瓦的人口販賣問題十分嚴重

尼泊爾的兒童婚習俗把小女孩的幸福搶走

前言

一九八七年，我在日本發行了第一本《我們都是地球人》，後來每十年發行一本續集，至今已有四本，是我在日本的代表作之一，書中主要寫我到世界各地探訪兒童時的故事。

通過這四本書，我把小孩子們有血有淚的遭遇告訴了無數的讀者。這次，我把四本書中特別值得向大家介紹的內容翻譯成為中文，首次在香港發行，希望引起大家對世界各地兒童問題的注意，給予關懷。

時常有人問我：「我們能做些什麼去幫助兒童呢？」我的答覆永遠是：「請首先理解兒童的狀況，然後隨著你的心去尋找你可以做的事吧！」

希望這本書能打開您心房的門，讓您聽到最弱小兒童的聲音。

因為在世界的某一個角落，必有一個等著您的愛的孩子。

這本書只介紹了在我心中的一部分孩子，還有很多很多故事沒有說完。例如敘利亞的小難民、烏克蘭戰爭前線的孩子們、中非共和國的兒童兵士、危地馬拉營養不足的小童、斐濟受天災打擊的小朋友……實在有太多小聲音需要我們的關注。

有些時候，我會覺得自己很渺小、無力。世界上的問題實在太複雜，太難以解決了。有些時候，我為聯合國兒童基金會探望兒童回來，會好幾個星期睡不著覺，望著天花板，希望能尋找到答案。我會失落，絕望，憂鬱，甚至憤怒。

但每次當我想起兒童們的笑臉或受苦的表情，我往往能找到力量振奮起來，用自己的聲音去報道現狀，呼籲大家去幫助兒童。

只要我心裡的火沒有熄滅，我相信我會繼續為世界兒童而努力。若這本書點亮了您心中的蠟燭，那麼我的努力就沒有白費了，您的光芒一定能照亮無數兒童的生命。

多謝您閱讀這本書，更多謝你讓那麼多的兒童進入你的心房。

對的，我們都是地球人。

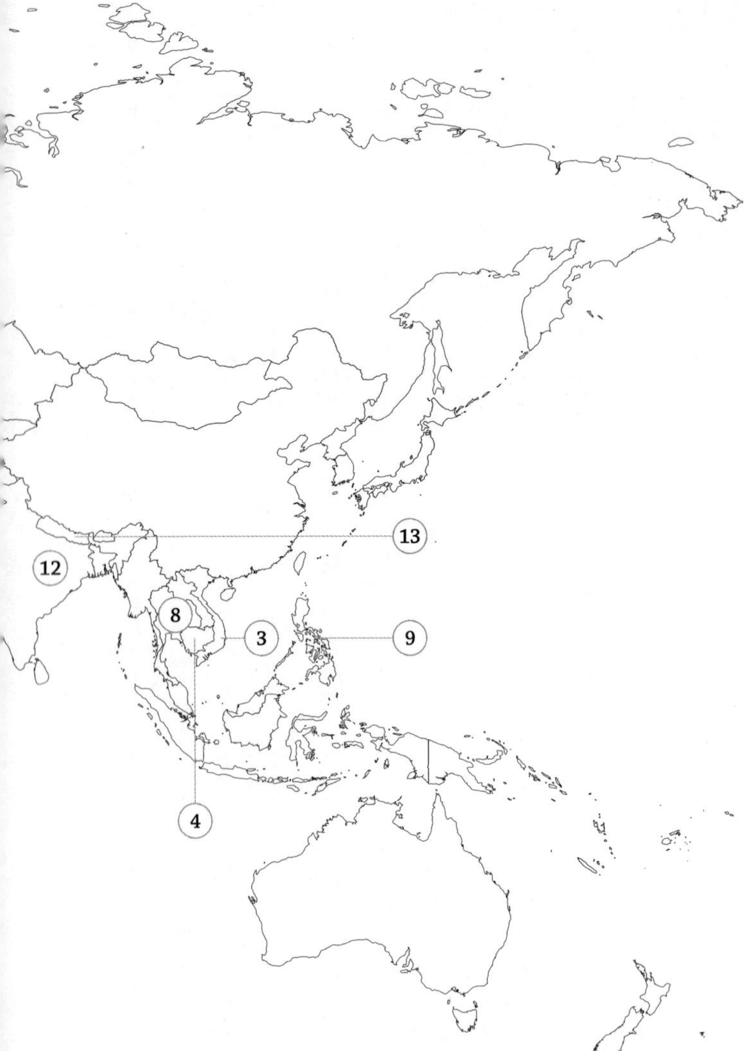
13
12
8
3
9
4

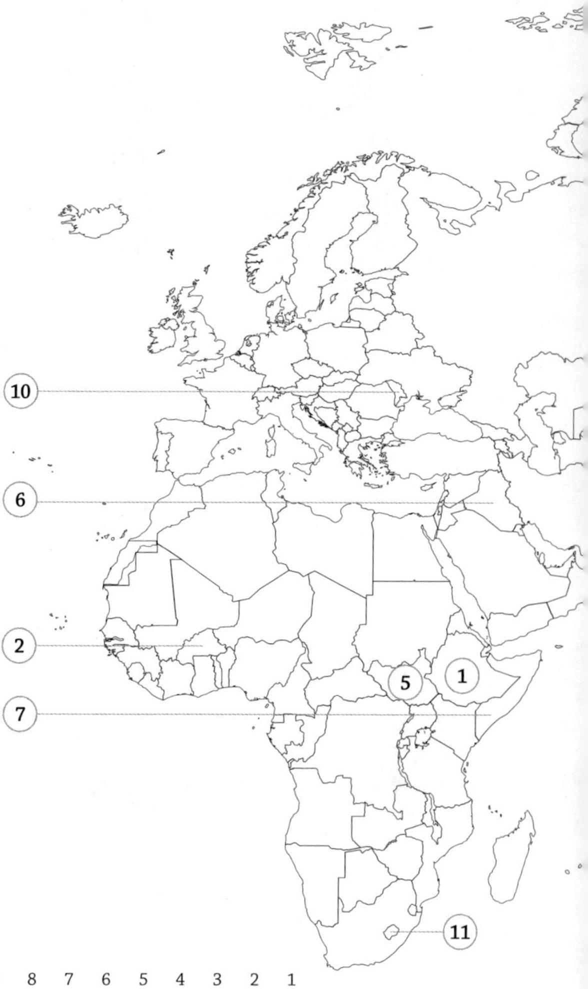

1 埃塞俄比亞
2 布基納法索
3 越南
4 柬埔寨
5 南蘇丹
6 伊拉克
7 索馬里
8 泰國
9 菲律賓
10 摩爾多瓦
11 賴索托
12 印度
13 尼泊爾

CHAPTER THREE

貧困之苦

導讀——我與孩子與 UNICEF

埃塞俄比亞的孩子們

一九八五年，我為了主持日本的電視節目《24小時TV》，出發去了埃塞俄比亞。當時埃塞俄比亞因內戰和旱災，據說有一百萬以上的人口正處於餓死邊緣。我很驚訝，想像不到這是同一個地球：「真的會有這樣如同地獄般的世界嗎？」

到了那裡，當初非常害怕，連湊過來的小孩子我都不敢抱。流行病猖獗，不少孩子回天乏術，醫生也好，食物也好，總之什麼都缺，有好幾個孩子就在我眼前死去。面對如此淒慘的景象，我感覺自己快要被無力感摧毀了，連飯都吃不下。

這時候，一位在難民營的護士對我這樣說道：

「你在悶悶不樂什麼？要是你病了，也只是徒增我的工作，所以快點吃飯哦。你到底是來幹什麼的呢？既然有自己的任務，就請打起精神來，做好自己的本份啊。」

被她教訓完，我一下子清醒過來。我唯一能做的，就是不讓那些可憐的孩子白白死去，絕不能讓悲劇重演——我在心裡發誓。

原本因為害怕被傳染而不敢碰的孩子，現在可以毫無猶豫地抱起他們，心想：「就算和他們死在這裡也沒關係了。」那一刻，我的人生真正改變了。

所謂同生，就是共死。那時我就是這麼想的。多虧克服了對死亡的恐懼，從那以後，我去哪裡都不怎麼感到害怕了。時候到了，你就會死。這麼一想，活著的每一天、每一分、每一秒都不能浪費，要拚上性命，認真做好真正想做的事情。這是埃塞俄比亞的孩子們教會我的最重要的事情。

見聞者的責任

回到日本以後，我努力述說埃塞俄比亞難民的生活狀況，在電視上呼籲捐款。不可能所有人都能去難民營看一看。因此，去過那裡的人有義務和責任，將那些孩子的呼聲正確地轉達出去。

一回想起那些孩子們的面龐，就沒有空閒抱怨、喊累。抱著這樣的想法，我每一天都自我鼓勵，一步一步堅持著義工活動。通過《24小時TV》，我去了不少地方進行海外視察，如柬埔寨、尼泊爾、越南、菲律賓，也長期支持「日本國際志願者中心」（JVC）和「非洲友人協會」等 NGO（非政府組織）的活動。

經常有人問我：「你這麼努力，應該很累吧。」我真的不累。雖然身體上會疲憊，但精神上一點也不累。

那位在非洲給我一記當頭棒喝的護士德永瑞子，作為「非洲友人協會」的代表，在非洲中部運營著一個愛滋病救濟營。和她們的辛勞相比，我的辛苦根本微不足道。

親子義工

一九九八年，我成為聯合國兒童基金會（United Nations Children's Fund,

UNICEF）的日本大使，二零一六年再被任命為亞洲親善大使。這是一個隸屬聯合國的機構，為了募集善款，在各個國家都設有分部。

我和 UNICEF 的相遇，得回溯一九八七年和孩子一同參加的「愛心步行」（Love Walk）活動。我一九八五年結婚，第二年生了孩子後，一直想讓他自然參加義工活動。UNICEF 主辦的這個「愛心步行」，只是捐錢然後和大家一起走而已，我想，那樣簡單的話孩子也能參加，於是報了名。

從那以後，每年我們都參加「愛心步行」，年底的街頭募捐活動也盡量參與，向路人們喊：「請向 UNICEF 捐款！」就這樣到了一九九八年，我收到一份邀請：「請您為最弱小的孩子們發聲吧。您願意和我們一同進行活動嗎？」就此，我正式成為 UNICEF 日本大使。

四項權利

接受擔任大使的邀請時，UNICEF 相關人員的一番話令我十分感動：「不是因為覺得那些孩子可憐才去幫助他們。我們的目的，是保護他們的權利。」「孩子原本應有的權利被某些人奪去了，我們必須爭回來。」

「一個孩子生來就有生存權、成長權、被保護權、參與權。為了建設一個孩子們可以理所當然地擁有這四項基本權利的社會，讓我們一起開展活動吧。我們的運作，絕不是那些因為孩子們可憐而讓別人捐款的活動。」

聽完這番話，我深以為然，真心覺得這才是我今後更進一步要從事的活動方式。

大使的工作

大使的工作，是訴說世界上正在受苦的孩子們的現狀，以期大家的理解，獲得支持。當然，也會向政府部門申請增加更多公共支援。另外，如果國內有孩子無法獲得應有的權利，努力加以改善也是項重要的工作。

自從我當上大使，就不再對求人感到抵觸了。只要想到是為了孩子，再怎麼向別人低頭也是簡單的事。這對我來說也是一種幸福。既為自己，也不全是為了自己的生存方式。肩負起比自己更大的責任，這成了我生存的意義，動力的源泉。

海外視察

每年一次的海外視察，是大使非常重要的工作。當地的孩子們發生了什麼樣的問題，善款都被用到了何處，要進行詳細調查。

回國之後，再將那些情況通過報紙、電台、電視等媒體報告給大眾，招募更多的善款。傳達孩子們所面臨的嚴酷現實，吸引輿論，使社會關注到這些事情。有時候，也會呼籲國家制定新的法律條例，或者加入聯合國條約——這些也是大使的工作。

為此，無論是大人還是孩子，必須盡可能增加能給予支援的人。令人欣慰的是，如今 UNICEF 廣為人知，參與的義工也非常多。全國各地的協會分部也在增加，還有孩子報名成為「UNICEF 兒童網」的工作人員。除此以外，我們也得到了許多學校和企業的大力幫助。

成熟的義工怎麼做

當然了，大使也是有辛苦之處的。

比如說，我上任之初接觸的「兒童買春」問題。在一九九八年，連「買春」這個詞大家都不怎麼熟悉，禁止買春的法律也沒有出臺。當時社會上的反應，是「不關事，不想知，不想看」的三不主義，媒體方面對此也沒什麼興趣。

但是，如果不設立《兒童買春、兒童色情禁止法案》的話，我們就無法拯救那些正身處水深火熱之中的孩子們了。

我從泰國視察回來，就一直在竭力向媒體訴說。NGO人員、律師、大學老師、國會議員，凡是碰到的人，我都懇求他們幫忙想辦法設立法案。一步一步，踏實堅持，還舉辦了許多場研討會，努力終於有了回報，大家加深了對問題的理解。一九九九年，日本正式出臺相關法律。

通過這一件一件的實踐，我學懂了怎樣去做一個成熟的義工。僅僅是告訴大家「那些孩子很可憐，所以請給他們捐款」，這個世界是不會改變的。我和UNICEF的工作人員多次達成共識：「必須從根本上改變社會」。在我的身後有許多孩子，一想到我的行動關係到所有我遇見過的孩子的生命，我的處事方法就改變了。不單作為歌手、藝人，也身為肩負重任的國際機構的一員，身兼各種身份，更加認真地投入到活動中去。

UNICEF的當地工作人員

向公眾報告UNICEF如何使用收到的捐款，也是我最主要的工作之一。

UNICEF有大約九成的工作人員在受支援國家工作。捐款的八成會送至當地，剩下的作為協會營運費、工作人員的工資、給亡故的工作人員家屬的慰問金，還有作為緊急援助的預備金。順帶一提，我作為大使的報酬是每年一美元。

當地工作人員各種各樣的工作，對於當地人們的生活來說是不可或缺的。

例如，疫苗注射就是一大項目。即便是處於戰爭期間的國家，UNICEF 也會去與軍方交涉，呼籲他們只有在疫苗注射的日子也行，放下武器，帶孩子們過來。於是，要打預防針的那天就會停戰，敵我雙方排在同一個隊伍裡。

如果是有通電的地方，疫苗就能保存在冰箱裡。但是，非洲、亞洲有許多沒有電的內陸地區，所以先要通過自主發電運轉冰箱。接著開車運到能開到的地方，如果只能騎自行車的話就騎自行車，再不濟，工作人員就把疫苗放進冰盒裡，步行前往。

除此以外，當地工作人員還要提供乾淨的水和營養膳食，建立診療所，訓練老師。就算沒有校舍，只要有老師就能設立學校，這是教育的最基本。為了確保安全的水源，有時要幫忙挖井；為了保持衛生的環境，要建廁所，又訓練母親用肥皂；為了推廣醫療，就要培養當地人助手；為了防止愛滋病大範圍傳播開去，要進行預防教育。

對於這些在當地堅持開展活動的工作人員，我真的相當尊敬他們。

最近甚至不特意顯示 UNICEF 的身份，就和當地人、NGO 協力進行活動。無論是在交戰多麼激烈的地方，UNICEF 的活動都會被認可，極少發生事務所和車輛被攻擊的事件。人們就是如此信賴 UNICEF。

但即使如此，有時還是會出現犧牲。有伊拉克的工作人員在其他地方開會時遭遇恐怖襲擊遇難；疾病、事故的危險，常伴他們左右。但是許多工作人員依然長期在當地活動，就是出於對那些無法呼救的孩子們，能救一個是一個的宏願。

成為洪流中的一滴水

我堅持義工活動的原動力，正是為了孩子們。

希望世上哪怕多一個孩子能多活一天，不只是今天，希望明天也能活下去。只要能多活一天，也許就會有好事發生，我打心底裡這麼覺得。

如果所有人都過上和平安定的生活，我想我就能辭掉大使一職了。但是現實事與願違，因此，我不存在放棄這個選項。對我來說，做義工和呼吸、上洗手間、吃東西是同樣普通的事，是我生活的一部分。

當然了，偶爾也會感到無力。不管我多努力，一個人的力量也不可能改變世界，這個道理我明白。但是，如果大家都那麼想，誰都不會行動了。而事實是，有許許多多的人行動起來。

「自己一個人的力量雖然渺小，但大家一起行動的話，也能成為洪流中的一滴水。」我想大家一定都帶著這份信念吧。既然如此，我也不能找藉口認輸。比起什麼都不幹，還不如對光明的未來有一點信心，成為努力的一群。只要我不放棄，堅持個幾年，情況一定會漸漸好轉。

成果確實是有的。在我成為大使的那一年，五歲前死亡的孩子，全世界每年有一千三百萬人，而十年後降到了一千一百萬人。二十年後的現在，已降至六百萬人。要面對的問題仍然源源不絕，非常棘手。即使這樣，我堅信只要大家一起行動，情況一定會慢慢好轉。

傾聽弱小的聲音

《荷蘭小英雄》的故事，講述了正是因為男孩子把手指戳進了堤壩的洞裡，大堤壩才沒有潰堤。同樣道理，每增加一個撒手不幹的人，世界會因此變得多糟，任何人都無法預測。所以為了不讓堤壩崩潰，所有人都要把手指放進堤壩的小洞裡。

只要想一下那些弱勢孩子的問題，就會明白大人有什麼不該做。兒童買春、人口買賣、童兵、愛滋病、貧困，還有被捲入的戰爭等等，許多孩子就這樣被奪去了應有的權利。有責任解決的不是只有大人，也鼓勵孩子們想一想。希望所有人都能表達自己的意見，看到整個社會、整個世界的狀況。

那些「聲音弱小的孩子們」，有的是在遙遠世界的某一處，有的也許就在你附近，希望大家都能側耳傾聽他們的聲音！

CHAPTER ONE

災荒連年

CHAPTER 1.1

埃塞俄比亞：改變我人生的海外視察

埃塞俄比亞聯邦民主共和國

立國年份	1995
國土面積	1,104,300km²
人口	2018 | 1.07 億
產業結構	農牧業 | 小麥、咖啡豆
GDP（百萬美元）	2017 | 80,874
識字率	2015 | 49.1%
人類發展指數	2016 | 0.448
平均壽命	2015 | 56.1
5 歲以下兒童死亡數（每千名）	2016 | 58

非洲的難民營

在導讀中也曾稍為提及，我是在一九八五年夏天到非洲埃塞俄比亞的，那時是當地饑荒最嚴重的時期，好幾年都沒下過一滴雨。日本一檔叫做《24小時TV》的慈善節目邀請我做主持人，那年的主題是「救救非洲」。要呼籲大家救濟非洲的饑荒困局，我覺得還是得到現場親眼看一看，才有說服力。當時，節目在埃塞俄比亞一個叫錫林卡的村子單獨建了營地。

所以我們決定前往那個營地。雅拉蓋和雅瑪蒂，是我在那裡遇到的兩個孩子。

原本我以為埃塞俄比亞的氣候很炎熱，去到之後才發現實際上挺冷的。因為海拔高，早晚真的很涼。就算穿上冬天的衣服，還是會覺得有些冷，我在那裡一直都穿著毛衣；可是白天又很熱，連只穿一件襯衫也會感覺熱。溫差那麼大，我開始擔心孩子們的體溫狀態。

首都亞的斯亞貝巴（Addis Abäba）給人的印象，有點像老舊的地方城市。在那裡，我們找不到餓肚子的人。

許多救援團隊從世界各地趕來，我乘上了其中一架小型飛機，從亞的斯亞貝巴飛到中途的一個村子，然後再坐巴士前往錫林卡營地。

巴士一路穿過了好幾個村子，路上的景象太震撼了。那才是真正的地獄。為了逃難而遷移的人、餓肚子的小孩子們，看到有車子，一窩蜂地湧過來。所有人都非常的瘦，那種瘦的程度我之前從沒見過。

雖然骯髒這樣的說法很失禮，但是他們確實很不乾淨、很髒。因為旱災的關係，衛生情況很差，出發來非洲之前，我已經打了持續一個月的預防針。加上那裡傳染病非常嚴重，大家忠告我要小心，「千萬不要再抱孩子們了，否則你也會生病。」

孩子們看到送救援物資的貨車，便急急從村裡跑過來。

《24 小時 TV》的難民營裡，我為小朋友唱歌。

不能碰的孩子

車子中途在《24小時TV》倉庫所在的村子停了一次。我們下車搬運小麥，孩子們一下子圍了上來。他們伸出手，擺出要食物的動作；其中也有想和我們握手的孩子。當時我來不及反應，嚇了一跳往後面退，簡直是不知所措。

我在心裡責怪自己：「你在怕什麼？快去迎接他們！你難道忘記了自己為何而來？真不爭氣！」我和他們同樣是人，但面對他們伸出的手，我卻不敢回握。

當我還在猶豫時，孩子們卻突然散開，原來他們發現了有小麥掉到地上，紛紛撲上前去搶。但當地人卻用皮鞭打他們，我高聲尖叫：「不要打！不要打！」場面混亂，無法控制。

能讓我拍一張照片嗎？

由於游擊隊出現了，為了拿通行證，車子停了下來。等了許久，有一批難民為了逃難朝這邊走過來。我從車裡舉起帶長鏡頭的相機，準備拍下難民的照片，回日本做報告用。

當時還是我經紀人的金子力，突然用手擋住了我的鏡頭。我問：「你要幹什麼？」他對我說：「如果要拍照的話，應先取得他們同意再拍。」

「如果對方不和你打招呼就拍了你的話，你也會生氣吧？所有人都是這樣想的，難民都是人啊。」

聽完當下，我反省自己，的確是抱著觀者的心態而來，缺乏了作為一個人的同理心，這樣是很不應該的。

從那以後，每次我要拍照之前，都會取得被拍攝對象的允許，問一聲：「能讓我拍一張嗎？」但所有人都搖搖頭說：「不行。」這也難怪吧。他們頭髮亂亂的，衣冠也不整，肚子還餓著。大家都想在自己乾淨漂亮的時候拍照，這是很合理的。

所以我在非洲拍的照片，所有人都是開口笑著的，因為這是他們願意被拍到的模樣。跟我說可以拍的，基本上都是孩子，他們會回饋我一個燦爛的笑容。

新詞版《倫敦橋》

車開了一天半，終於到達了營地。那時候，埃塞俄比亞的其他營地都非常大，而我們設在錫林卡的營地卻小小的，每天大約有三五百個孩子來吃飯。麻風病、痢疾、霍亂，那裡流行幾乎所有傳染病。但營地裡的護士們還是很平常地去抱當地的孩子們。

我在車子裡以及坐飛機的時候學了幾句當地話，用《倫敦橋》的旋律填了一首新詞。

Toulrich Dananacho

Dananacho Dananacho

Toulrich Dananacho

Wadenia

「Toulrich」是「好寶寶」、「好孩子」的意思。「Dananacho」是「大家好嗎？」Wadenia 是「朋友」的意思。

我到埗時，正好碰上放飯的時間，許多小孩子在排隊。我跑去他們那邊，想和他們玩，但又不會說當地語言，於是就開心地唱了這首歌。他們先是瞪著我，然後慢慢理解歌中的意思，笑了起來，積極地跟上節奏附和我。非洲孩子的節奏感真是名不虛傳呀。他們大幅度擺動著身體跳舞，和我一起唱了起來。

當時好開心，眼淚卻一直往下掉。所有恐懼都拋諸腦後，我想：「算了，就算在這兒染上什麼病死掉也無所謂了。」然後我擁抱他們、親他們，真正和孩子們接觸了。有了第一次親密接觸，便一發不可收拾——孩子們實在太可愛。仔細看看他們，個個都可愛極了。

雅拉蓋和雅瑪蒂

雅拉蓋和雅瑪蒂住在那個營地的孤兒帳篷裡。

最開始我看到他們的時候，雅拉蓋正抱著雅瑪蒂，以為他們是兄妹倆，但原來不是這樣。雅拉蓋是帶著生病的母親來到營地的，後來母親去世了，他就一個

猶如兄妹的雅拉蓋和雅瑪蒂

人留在營地，十二歲。雅瑪蒂則是個四歲的小女孩，當時得了瘧疾，也是和母親一道來的，但是母親拋下女兒不管逃走了。

大家都認為雅瑪蒂會死，但雅拉蓋很努力地看護著她。通常來說，小孩子應該是由媽媽照顧的，但雅瑪蒂的媽媽已經不在了，所以護士就讓雅拉蓋幫忙看著。通過雅拉蓋的精心照料，雅瑪蒂奇蹟般地恢復了健康，病好了。

只是因為營養失衡的關係，雅瑪蒂雖然已經四歲，但體重只有五、六公斤，身體小到你難以置信，自己還不能走路。因此雅拉蓋就做了拐杖，幫雅瑪蒂練習走路。

無論到哪裡，雅拉蓋都一直抱著雅瑪蒂。他們的伙食，是一種形似班戟般的食物半個，和一碗類似葛粉湯的東西。

難民們穿著從日本寄過來的衣服。雅瑪蒂白天穿的是二手的舊連衣裙。等我晚上再去帳篷裡看望的時候，雅拉蓋正在認真地給雅瑪蒂換衣服，先給她穿像尿布一樣的東西，然後換上褲子。看到這一幕，我著實佩服。

十二歲孩子的溫情

早上大家都起得非常早，五、六點就起床了，我也去看了他們。結果發現雅拉蓋把自己前一天分發到的食物剩了一點點，等雅瑪蒂起床，先讓她吃了，再到外面取水去。然後用取來的水給雅瑪蒂擦洗，給她換衣服，接著再去排隊領當天的食物。

他沒有把自己的那份全部吃完，特地留了點給雅瑪蒂作早餐。大概是因為雅瑪蒂早上起來如果沒東西吃會哭吧。我不敢相信，十二歲的孩子這麼懂事，在那樣嚴重饑餓的境況中，寧願自己不吃也要給雅瑪蒂吃。他的這份關愛心，令我驚訝。

雅拉蓋看到雅瑪蒂流鼻涕，會用手迅速幫她抹掉，還會揮手趕走停在她臉上的蒼蠅，真是個溫柔的孩子。儘管他是這麼的堅強和善良，當我問了一句「你媽媽呢？」的時候，他也直掉眼淚。雅拉蓋那時流下的眼淚，我難以忘記。

他們兩個人都已經舉目無親，所以互相依靠，努力生存。

不知道是不是因為雅瑪蒂智力發育遲緩的關係，她仍是站不起來，護士們一直很擔心她。在最需要營養的成長期缺少食物，好像會令智力發育變慢，身體也會出現一些毛病。拉著她的手，她才勉強可以搖搖晃晃地走路。

雅瑪蒂拚盡全力想要學會走路。當我牽著她的手，對她說：「加油，走起來。」她一邊流著眼淚一邊走過來。我看著她，實在不忍卒睹，哭成淚人。

開朗的孩子們

無辜的孩子們在鬧饑荒時，一般是最先死亡的。醫生說了，霍亂其實並不是那麼可怕的病。只要打點滴來補充水分，就能緩解病情。但是，孩子來到營地時，大多數已經病入膏肓了。

即便如此，營地裡的孩子們都非常活潑開朗，愛親近人。我們要跑到較遠的地方去採訪時，他們就像去郊遊一樣，全部跟著我們，一起走山路、橫越乾涸的河床。我一唱起歌，大家也齊聲附和，還害我不小心吞了一隻蒼蠅下肚呢。

我們到住附近的孩子家裡拜訪。雖說近，走路也要花一個半小時。大部分孩

每天都有數千名孩子來到難民營

子則要從更遠的地方走過來。為了走到營地領取食物，要由早上四點開始走三、四個小時，才趕上放飯時間。由於每天都過著這樣的生活，孩子們早就走習慣了。埃塞俄比亞的地形，山谷高低起伏，有時如果不登上像懸崖一樣的地方，是無法到達目的地的。孩子們看我在那種地方爬不上去，咯咯咯地笑我，有的在後面推我上去，有的來拉我的手。

國家的問題

鬧饑荒的原因，確實多出在內戰和政府方面。但是最大的原因還是因為不下雨，導致當地自給自足的平衡機制完全崩潰。加上政府也沒有能力應對，既沒有準備也沒經驗。比如因為處於內戰期間，政府很多顧慮，不願意連游擊隊也一起幫助；又因為是新成立的政府，「新官上任三把火」，為了撐門面而浪費了很多錢。另一方面，農民對自己的土地非常有感情，不願意離開原來的土地，移到更豐饒的南方。總之，國家存在著許多問題。

沙蚤病

這裡流行的疾病也是林林總總的，其中最厲害的要數沙蚤病。這種棲息在沙子裡的蚤，會鑽進人的腳底寄生在裡面，在趾甲中間產卵，導致腳腐爛。

有的孩子是赤腳走到營地的，護士一發現他們腳底有沙蚤，就會取出來。沒有麻醉什麼都沒有，直接切開皮膚，用小鑷子挑出來。孩子小小的腳趾中間，長了十幾二十個像橘子種子一般大小的卵，看上去非常疼。孩子疼得嗷嗷大哭，媽媽在旁邊心疼得大喊大叫，護士也是淚眼汪汪的，真是聞者傷心，見者流淚。治療弄得滿地是血，那場面真的太殘酷了。

因為當地人都習慣坐地上，有的孩子屁股上也有沙蚤，甚至還會傳到手上。取出沙蚤以後，剪下送來的床單做繃帶，包好就算處理過了。因為沒有鞋子穿，就把吃剩下的速食麵袋子代替作為鞋子，用透明膠包在腳上。

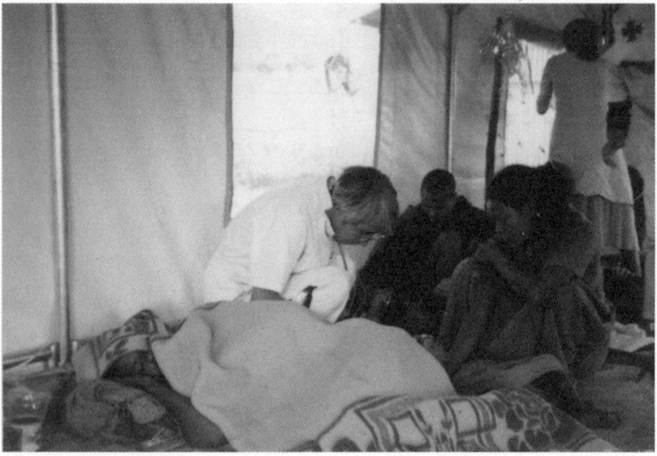

在傳染病房看病的醫生

餓死的人

飢餓是很難受的，餓死我覺得更是最痛苦的死法。雖然是說「餓死」，但光因為餓，是不會那麼容易馬上就死掉的。小孩子一般會慢慢沒了體力，然後傳染上其他疾病而死去，而大人裡面是真的有人會「餓死」。

我們進入營地的第二天早上，有個男人去世了。年齡不詳，我看著覺得應該很老了，後來聽說才四五十歲左右。我看到那個人的時候，他已經過身了，真的是瘦到前胸貼後背的程度。我問工作人員他的死亡原因，說是剛進營地的時候，身體已經衰弱到完全不能進食，只能靠打點滴維持生命。後來慢慢開始恢復體力，大家都以為應該不要緊了，他的妹妹來探望時給喝了點水，沒想到嗆到喉嚨，窒息了。我們趕去的時候，現場一片混亂。醫生們全往他所在的帳篷那邊跑，但為時已晚。那個人就真的算是餓死的吧。也沒有得其他什麼毛病，只是連喝水的力氣都沒有，就死了。

我想，他一定痛苦了很長時間，體重都不到四十公斤。因為成人如果高於四十公斤，是進不了營地的。才四十公斤啊！別看我個子小，都有四十四公斤了。當地人普遍體型大，連女人都有一百八十釐米左右。四十公斤……簡直不敢相信自己的耳朵。像這樣餓死的人，到底有多少呢？

一年過去

之後的一年，因為我懷孕了，所以沒去成非洲。其他工作人員代替我去，到同一個營地進行了採訪。通過《24小時TV》的捐款，營地繼續開展援助活動。我看了現場的錄影，一直放不下心的雅拉蓋和雅瑪蒂也出現在了畫面裡。

雅拉蓋上次的頭髮還是短的，一年過去，頭髮變蓬了，人也長高不少，感覺從小孩子長成了少年。雅瑪蒂雖然個子沒怎麼長，但身體變得胖墩墩的，看著很健康的樣子。

我們上次訪問結束之後，當地終於下了雨。大家就離開了營地，分別回到自己的農田開始勞作。但是也有許多孤兒留了下來，在那個營地裡學習、玩耍。關於以後何去何從，這是一個大問題，但不管怎麼說，營地在當下已經做得很好。

之前的雅瑪蒂基本沒有什麼表情，這次在錄影裡發現她會大聲哭、大聲唱，開始說話了。看著她的模樣，我在心裡叫好。去過那裡真的太好了，呼籲國際救援真的做對了——我打心底裡這麼覺得。

不僅僅是雅拉蓋和雅瑪蒂，許多小孩子都恢復了生動的表情，生命得以挽回。自己錢包裡的少許零錢，真的也就相當於一盒零食，在那裡卻是一大筆錢。是許多人的善心，拯救了孩子們的生命。真是件令人高興的事啊，原來孩子會發生這麼大的變化。我們這些生活豐足的人，還是應該更多地和貧窮的人們分享的。

致全世界的孩子們

我從雅拉蓋身上學到了關懷別人與堅強不息。特別是十二三歲的男孩子，一般正處在喜歡玩的時期，但是他卻真的從不為自己做什麼，總是在照顧雅瑪蒂。為什麼在明明已經自顧不暇的狀況下，他還能為別人操心呢？實在太不可思議。

可愛的兒童改變了我的人生

我希望全世界的孩子都能開心、快樂並且健康地生活。自從我自己的小孩出生，對非洲孩子父母的心情有多痛苦，理解得更深了。給不了母乳的媽媽，那雙充滿羞愧的眼睛，至今難忘。現在想來，如果我是她的話，會變成什麼樣呢？孩子死在自己的臂彎裡，是因為自己沒有奶……

對於我來說，看這個世界的眼光已經變了。任何事情，不會再想當然了。

近距離感受非洲，令我感受到世上有很多不能理解的事物。富餘的國家，貧窮的國家，兩個世界在地球上同時存在。兩者的差距大到離譜，但這的確是事實，也令我深思，如何才能幫助到更多缺乏生活資源的孩子。

CHAPTER 1.2

布基納法索：沙漠化的水土威脅

布基納法索

立國年份	1960
國土面積	274,122km²
人口	2018 | 1,963 萬
產業結構	農牧業 | 棉花
GDP（百萬美元）	2017 | 13,187
識字率	2015 | 36%
人類發展指數	2016 | 0.402
平均壽命	2015 | 52.6
5 歲以下兒童死亡數（每千名）	2016 | 85

沙漠化的國家

談起全球暖化，大家都會關心這些問題：南北極的冰融化，海拔低的陸地將被水淹沒，人們再也無法居住；巨型颱風形成，人們因大雨而遭受損失。但是，影響最多人的，其實是乾旱問題。古往今來，沒有降雨，人類的生活就會受到非常大的影響。在溫室效應帶來的影響中，乾旱也是人類的最大難題。地球上，雨季變短的地區正在增多，最顯而易見的，是位於非洲撒哈拉沙漠的南面，夾在沙漠與南面草原之間的薩赫爾地區。

在尼日爾、馬里、尼日利亞附近，沙漠地貌正一路南下蔓延。這些國家的北部，都有恐怖分子駐紮的據點，究其原因，也是因為沒有降雨就無法生產糧食，令社會整體陷入不穩定狀態。

二零零九年春天，我到訪了沙漠化最顯著的國家——布基納法索。

布基納法索的面積約有二百五十個香港般大，人口大約一千六百萬，八成是農民，當中約有一半的人口，過著一天只能花不到一美金的生活，是世界上最貧困的國家之一。當時五歲不到的孩子死亡率達百分之十七，在非洲國家中也是很惡劣的一個數字。

只看一個地方，是無法瞭解溫室效應的全貌的。我們一行人開車從南到北，從仍有綠化的地方，綠化正在減少的地方，到一點綠化都沒有、完全沙漠化了的地方，一邊移動一邊考察。

國內移民的巴巴

那次我去了薩普伊，一個距離首都瓦加杜古以南約一百公里的城市。

薩普伊是著名的乳木果油產地。法國品牌 L' Occitane 保濕霜的原料就是乳木果油。這個城市有樹木，有市場，空氣也較為濕潤，人口也很多，總的來說很熱鬧。

我們來到村子，拜訪了一戶家庭，主人的名字叫巴巴，五十一歲。那是個二十人的大家族，他有兩位妻子，還住了很多親戚。巴巴是在五年前帶著妻兒移居過來的，以前一家人生活在中部的卡亞。但由於乾旱問題，土地變得貧瘠，糧食種不出來，沒有東西吃，只好搬到這裡來。薩普伊約四成的人口，都像巴巴他們一樣，是從國內各處遷徙過來的。

巴巴笑呵呵地對我說：「我們在這裡租了一塊土地，一家人靠種稗子、玉米和花生等過活。剛來的時候，大家對我們都很好，田租也很便宜。最大的煩惱，就是擔心不知什麼時候會被趕出去。但在這裡，能給孩子們吃上飯，讓他們有學上，很幸福了。」

巴巴還會照顧接二連三過來投靠他的親戚，有個六十多歲的親戚帶來了大約十人，和他們住在一起。他表示，如果在這兒又找到新的土地，還想再招呼十個人過來。

另一方面，薩普伊的本地人，一開始是很歡迎移民的，覺得「大家都很不容易，想來就來吧」。他們的農業方式，是遷移耕作，今年在這裡開墾，明年在那裡耕地，以維持土地的生產力。家裡大兒子結婚了，就分這塊土地給他，二兒子結婚了分那塊，三兒子結婚了再分另一塊。可是，照這樣的做法，自己的土地會越來越少。再加上不斷增加的移民，本地人可以用於耕作的土地，就變得更加少了。

即使如此，年長一輩依然覺得，為了幫助那些困難的人，是無可奈何的。但是年輕人卻很不滿，大聲疾呼要求移民「滾出去！」圍繞土地的糾紛越來越多。政府也表示，不知道本地居民的怒氣何時會爆發，就像定時炸彈一樣。但是，移民們就算被人指罵「滾出去！」也不可能默默離開，因為如果真的走掉就沒有飯吃了。這麼一來，就很容易起紛爭，這種情況也是溫室效應間接導致的。

久旱之地

從薩普伊出發，我們組成了一個調查隊，一路向北。走了二百公里路，樹木越來越少，植物越來越矮，土壤表面清晰地露了出來。我去到了巴巴的家鄉，卡

巴巴是從布基納法索中部移居到南部的國內移民

亞的巴爾薩爾戈村。

和巴巴相隔了一段年紀的七十五歲哥哥阿瑪杜，熱情地迎接我們，帶我們去看了他的田地。那次是開車過去的，花了大概三十分鐘。而平時的話，阿瑪杜要花一天時間走過去，在田地附近過夜，耕完田再走回家。雖說是田地，但周圍只是長了很多猴麵包樹而已。那片土地貧瘠的程度，讓我不禁疑問道：「這裡真的是農田嗎？這兒能種出農作物？」

阿瑪杜滿面愁容對我說：「如果下雨的話，當然可以種出來。一般來講，四到八月都會下雨的，但是……」

我具體詢問了去年的收成情況，阿瑪杜說：「去年到了雨季也沒下雨。六月下過一回，所以大家都跑過來，把所有種子都種下去了。可之後又不下雨，所有種下的苗子都枯了。七月份下了一點點，我們又播種了一次，那次多少種出來了一些，但還是不夠吃飽。」

我去的時候是四月份。阿瑪杜說：「這裡食糧已經快見底了。」假使六至七

中部的農地正慢慢沙漠化

月下雨，也要到九至十月才能有收成，那中間的時間吃什麼過活，令阿瑪杜非常頭疼，「因為還有一頭牛，今年總算能湊合著過。但是明年就要餓肚子了。」

那片農田種的是稗子和玉米，而玉米需要澆水。這裡來了農業援助團隊，正在進行一項研究，把原本要花四個月才能收成的種子，兩個月時間就讓它長起來。但是如果兩個月裡一直不下雨的話，種子也是會枯萎的，像去年（二零零八年）那麼低的雨量，其實也沒什麼幫助。

村子裡有個用木頭搭成的，小小的糧食倉庫。我爬上梯子往裡面一看，卻幾乎什麼都沒有。雖然有在養雞，可是如果不下雨就沒有穀物，雞也養不活，真的很擔心今後會怎樣。

環顧四周，村子裡只剩下老人、女人和年幼的孩子。

我問阿瑪杜：「要不你也像巴巴一樣移民吧？」

阿瑪杜回答我：「我已經七十五歲了，總不能再給別人添麻煩了。」

所有人都在等待下雨，做好了播種的萬全準備，隨時可走上一天去田地裡。

可是，完全沒有要下雨的跡象。一有龍捲風，還會捲起沙塵暴，這可真是夠受的。

沒有水的湖

再往北走，情況更惡劣。

我們前往位於最北部的薩赫爾地區，一個叫做多里的大城市。途中，道路周邊已經全變成沙漠了。快要到達城市的地方，有一個類似綠洲的小水池，水池裡都是泥水。我看到一群牽著牛的少年，就下車走過去和他們說話。

少年們異口同聲：「哎呀，可辛苦了。」可能因為他們從小就靠自己到處放牛，說起話來相當老成。

我問：「是什麼辛苦呢？」

少年們回答我：「以前遍地都有草，但現在走多遠都找不到草給牛吃，真的很辛苦，連家都回不了。」

為了趕牛，孩子們不能去上學。就在我們對話的過程中，一個孩子突然走進

原本是水源的淡水湖變成一片乾地，兒童們掘地尋水。

牛喝的泥水裡，開始咕咚咕咚大口喝起來。牛還在那攤泥水裡小便呢。

我勸那個孩子：「快別喝了。」可他笑著說：「我們什麼都沒吃，只能喝這些了。」他們什麼食物都沒有。

不只是這個少年，其他孩子也都在大口喝泥水。我問道：「這樣不會拉肚子嗎？」就聽到他們模仿肚子咕咕叫的聲音。果然，會把肚子喝壞。村裡雖然有 UNICEF 挖的水井，但路上沒有。

布基納法索是半農半牧的國家，像阿瑪杜那樣幹農活的時候，大家都待在家裡。但是如果不下雨的話，男孩們就要牽著家畜到處找飼料，回不了家。

這些孩子居無定所，我們該怎麼給他們打預防針，給他們吃的喝的，監測他們的健康狀況呢？一想到這些我就很難受，上車就哭起來了。

「雖然天氣乾旱，但我們還有個湖，一起去看看吧。」知事介紹說，再往北走，有一個景色很美麗的地方，叫做烏魯西湖，於是我們跟著他開始步行。

走了三十分鐘左右，我說：「早知道要走這麼遠的路，應該開車到湖邊去嘛。」

牧童們喝泥水充飢

知事說：「啊？從剛剛到現在這一片，都是湖哦。」

什麼？腳踩著的和眼前所看到的，只有無盡延伸的龜裂的地面。這裡曾經也是湖？

知事指著遠方說：「看，對面發光的地方有沒有看到？」

我隨他指的方向看去，在很遠的前方，能看到波光粼粼的湖面。原來那就是「幸存」下來的湖水。

「水都乾涸了，就變成現在這樣。原本湖的直徑有十公里，現在只剩一公里左右。就算這樣，大家還是會來取水，到湖水附近挖洞。因為原本湖的位置就在這裡，總能挖出一些水。那些孩子也都是來這邊取水的。」

「以前這是個什麼樣的湖啊？」我問知事。

知事閉上了眼睛，感慨地回答我：「湖還很大的時候，生活一片祥和。女人和孩子來取水，男人們工作結束，也會聚集到這裡聊天喝酒，連外國遊客也會來觀光。鳥兒呀各種動物也都棲息在此，真的很和諧。但是現在，做漁夫的男人養活不了家人，女人為了剩下的水爭來爭去，總是吵架。孩子和丈夫出去打工，一家人天各一方……」

水資源與和平的生活是緊密聯繫在一起的，我這次真實地體會到了。

在金山工作的男孩

我們繼續往前移動，那一片地方已完全變成了沙漠。雖然知事對我說：「現在我們走著的地方，以前是個村子。」但我絲毫看不到任何村子的影子。沙子不斷堆積，將這裡的村落全部掩埋了。

「原來住在這裡的人去哪兒了？」

「一部分人死了，一部分搬出去了，大部分人去了金山。」

「金山？我想去那裡看看。」

距離多里東北八十公里的地方，有一座埃薩卡納金山，有一萬人在那裡工作。我以為他們是在鑿山，可並不是這樣，因為根本沒有山，只是平地。他們從

滿面泥土的金山童工

兒童要承擔有生命危險的工作

地面垂直向下，一直不停地挖，然後降落到地下把礦石運上來。

那場面真的令人難以置信。有些地方挖得很深，甚至有八十米。因為沒有梯子，男人們手腳並用下到洞裡去，其中有很多只是少年。等爬到最底部，會有積水滲上來，偶爾人會淹到水裡，或者從上面有泥塊掉落，地洞裡氧氣也十分稀薄。他們就在那樣的環境下挖金子。地表氣溫已超過攝氏四十五度，由於周圍沒有樹木，連遮蔭的地方也沒有，從早上七點到晚上七點一直在幹活。

這一萬人中有四成是未滿十八歲的孩子。放眼望去，地面上開了無數個洞，挖出的泥土堆積起來的小山丘連成一片。往下挖到八十米之後，接著要往水平方向再挖，直到挖出金礦脈。所以，事故也是頻頻發生。

「你從哪兒來的？」

我看到一個渾身泥巴的孩子，從其中一個洞裡爬出來，便上前詢問。少年叫穆里，十五歲，全身是汗。我本以為洞下面會很涼快，但原來在爬上來的過程中要耗費許多體力。

「我從附近南邊的一個小鎮來的。」
「為什麼來這裡呢？」
「因為我們那裡沒吃的，大人叫我們自己出來找食物。哥哥和我都被家裡趕出來了。」
由於他還沒有找到金子，每天都要捱餓。
我聽完他的回答，啞口無言。在金山，為了消除恐懼感，許多人會吸毒，也有許多人生病。那地方絕對不適合孩子幹活，但是，無論男孩還是女孩，很多都為了生存而在那裡工作。

三個淘金的女孩

女孩子全部在地面工作。男孩子把石頭搬上來後，女孩子再把石頭敲碎變成砂子，然後放進地面凹陷的水潭裡淘金。
一到中午，大人們會午睡一下，但孩子們要繼續幹活。因為水潭的水是買來的，早上會有賣水的人大老遠把水運來，金山的人買下來後倒入地面的凹陷裡用來淘金。因為太陽非常的曬，水很快便會蒸發掉，所以女孩子不能休息，一口水也喝不上，一直在做這個活。

在那裡我遇到三個女孩，分別是七歲、十歲、十二歲，是一個叫做富拉尼的游牧民族的孩子。富拉尼人居住在布基納法索北部，以「培育著世界最好的牛」自居，是一個自尊心很強的民族。三人對我說：「旱災是從二十年前開始的。」後來沙漠面積越來越大，她們沒有生存的空間了，所以就來金山幹活。三個人都是在金山出生長大的。

這時，落日西沉，三個女孩說要回去了。我問：「我跟你們回家看看行嗎？」她們回答我：「可以哦。就在那裡，很近的。」然後我們就開始走了，她們三人的頭上全頂著裝有石頭的籃子。其實路還是挺遠的，中途我讓她們上了我們的車，可即使開車過去也相當遠，如果走路的話，估計得走上一個半小時。

她們的家是一個帳篷，住著五十人的大家庭，我向他們瞭解了情況。

一天工作 12 小時，只吃一頓飯的三姊妹。

「二十年前開始，我們的家畜陸續死去，於是就把剩下的賣了，逼不得已來到金山。剛開始有段時間確實挖出不少金子。可是現在即使全家總動員也挖不到哪怕一點點，基本上無法餬口。」

我問：「採到多少金子呢？」她們拿出三四粒金子，和即溶咖啡的顆粒差不多大小，對我說：「這是一個禮拜的量。」原來只有那麼少，而且回家還是要繼續敲石頭的工作。

我又問：「你們想回家鄉嗎？」

「當然想回去。只要下雨了就馬上回家。行李隨時都準備好，這樣一有下雨的消息，就能馬上搬走。」

「為什麼沒雨呢？」我直截了當地問她們。他們是這樣回答我的：「不知道。一定是我們的品行不好，受到了上天的懲罰吧。所以只能努力端正自己的行為，請求神明的寬恕。只要得到了寬恕，天上就會下雨吧。」

溫室效應的影響？

然而，真正的原因難道不是溫室效應嗎？那麼一來，責任則在大量排放二氧化碳的我們身上。他們不清楚溫室效應是什麼，但孩子們卻仍然因為這樣而死亡了。在布基納法索，五歲不到的孩子，死亡率高達百分之十七。

我讓三個女孩給我看了她們的晚飯。她們吃什麼呢？把稗子一類的農作物煮熟，做成白色糊狀的東西，摘了猴麵包樹的葉子搗碎後製成汁，再澆在上面，就算一餐了。八個孩子圍著一個小盤子一起吃，這是一天之中僅有的一頓飯。

她們從沒有吃飽過，從沒有上過學，也沒玩玩具的時間。每天早上步行前往金山，然後一直幹活，到了晚上再走回家，吃一點點東西就睡覺。每天如此循環往復，我真希望不要讓孩子們去金山那種地方。

那時，一家加拿大的公司正在做調查，準備推進開發金山的計劃，被當地居民反對。為了取出金子，就要使用化學物質，廢料的排放將會成為一大問題。UNICEF 的立場也是絕對反對的。一來有孩子在，二來本來飲用水就少，如果水源被污染的話，將會進一步破壞當地的生活秩序。但如果趕走在金山工作的人，卻不保障他們的生活，大家都無法活下去。

因此，雖然政府方面希望加拿大的公司進駐過來，可反對運動正在不斷擴大。因為沒有降雨而被逼到地獄底層的人們，眼看連「地獄」都要待不下去了。所有人看不到未來的路在哪裡，臉上都顯得非常不安。

人類的力量是有限的

UNICEF 向許多村子派遣工作人員，開展各項活動。孩子營養失調了，但村民們也許沒有這方面的知識，從不主動尋求幫助。因此，工作人員會巡視各個村子，給孩子做體檢。特別是針對五歲不到的孩子，通過測量身高、手腕周長就能知道是否營養失調，一發現就立即給予治療。

治療的第一步是先打點滴。之後再按不同階段，餵食不同濃度的奶粉，一開始是最濃的，稍為好轉一點後就把濃度減少，一步一步稀釋下去。最嚴重的時候，

雨季越來越短，井水越來越少。

因為孩子嚥不下去，所以全部從鼻子灌入。等漸漸能自己吞嚥了，就給他們喝摻入了砂糖和其他營養成分的，類似花生醬般的營養品。是那種像牙膏軟管一般，啜著口子即可攝入的營養食品，這樣的治療方法非常有效。

我到訪布基納法索的時候，那裡正處於和平狀態，援助活動得以順利開展。但是，後來在北部又出現了伊斯蘭激進組織，給支援活動造成了阻礙。

起紛爭的地方，就連 UNICEF 的援助也難以介入。在馬里、尼日爾、阿爾及利亞等地，紛爭的導火線都是由於農民或者游牧民無法生存下去。世界上沒有比找不到工作的男人更煩躁的生物了。無法養活自己的家人，就想把責任推到其他人身上，覺得自己必須做點什麼。伊斯蘭的激進組織正是利用這種心理，乘虛而入。接著，組織起反政府軍，發起暴動，不斷擴大內亂。因此，如果不解決氣候這個基本的問題，薩赫勒地區人們的生活也無法安定。

然而，和氣候的「抗爭」是有限度的。我們實在是非常渺小，如何救助那些氣候改變了的國家？也許這是人類今後面臨的最大課題。沒有降雨或是雨量太多

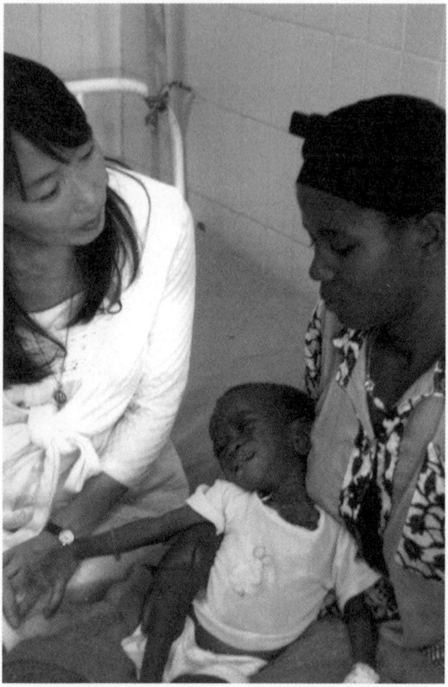

營養不足的嬰兒需要急救

的地方，過於寒冷或是炎熱，無法收成食物的地方……以後慢慢地，人類能住的和不能住的地方，將會被徹底區分開來了吧，這肯定會成為二十一世紀人類的最大課題。

在未來，至今為止我們一直認為是貧困的南方國家，也許會拯救移居到那裡的人們，可能全體人類都得南遷。

在這個遙遠的非洲國家，布基納法索面臨的問題，實際上也是我們的問題。即便能停止無節制地燃燒煤炭和石油，減少二氧化碳排放量，阻止溫室效應，地球環境是否就能恢復到從前的水準，誰也不知道，因為我們是第一次遇到這樣的問題。

但是，我們這些居住在發達國家的人，確實在加速著溫室效應的發展。其帶來的影響，不是將來的事，而是早已蔓延至遙遠的非洲，成為使許多孩子受苦受難的罪魁禍首——這一點，我們千萬不能忘記。

CHAPTER TWO

戰火無情

CHAPTER 2.1

越南：枯葉劑與畸形嬰兒

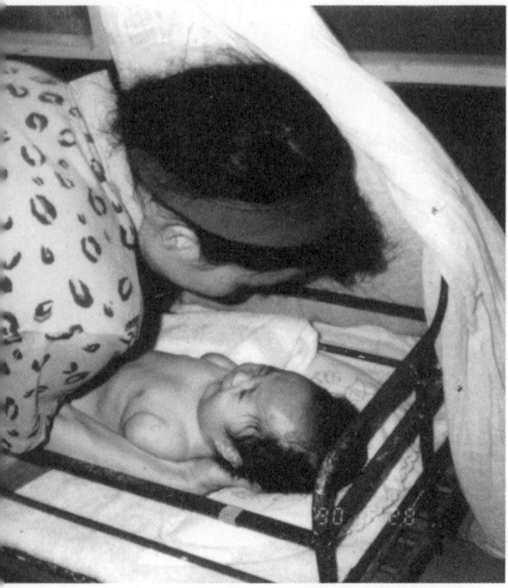

越南社會主義共和國

立國年份	1976
國土面積	329,556km²
人口	2018 | 9,640 萬
產業結構	農、工業 | 橡膠、煤炭
GDP（百萬美元）	2017 | 220,408
識字率	2015 | 94.5%
人類發展指數	2016 | 0.683
平均壽命	2015 | 66.6
5 歲以下兒童死亡數（每千名）	2016 | 22

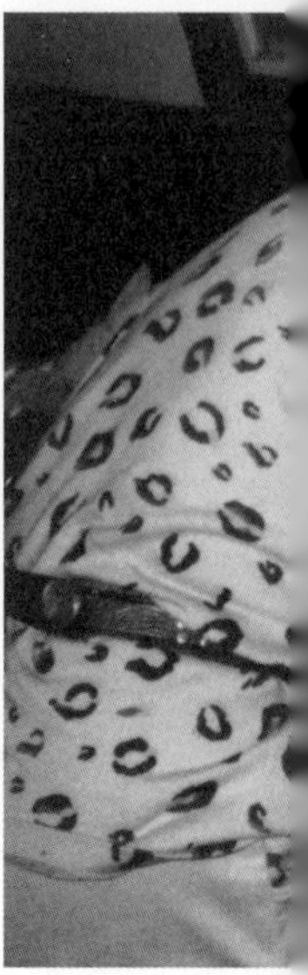

熱鬧的胡志明市

對我來說，提到越南，首先想到的就是「船民」——乘船外逃的難民。西貢（今胡志明市）在越南戰爭中淪陷後，越南船民們紛紛流亡到周邊國家，也有很多不遠千里飄流到了香港和日本。一九八零年，我從加拿大留完學回到日本，正好處於社會意識開始高漲的時期，希望自己不僅是作為藝人，更想以社會一員的身份有所作為，也想參加義工工作。

我的姐姐在香港當醫生，一直為難民們做健康檢查。我也開始在香港舉辦慈善音樂會，募集善款，還去探訪了難民營。在日本，我還參與了各種支援難民的活動。所以提起越南，第一印象就是那裡出了好多難民，是挺可怕的地方。

一九九零年六月，我真正踏上胡志明市的土地，非常震驚。哇，胡志明市原來這麼富裕繁榮啊！馬路上到處擠滿了攤販，販賣各種東西。路上的人潮熙熙攘攘，人們身上穿的衣服也挺漂亮的。那副景象不禁讓我產生疑問：「這裡真的是社會主義國家嗎？」即便是和我一九八一年第一次去中國時看到的相比，胡志明市的生活也是豐富到令人難以置信——夜店、咖啡館、高級餐廳之類什麼都有。感覺就像是回到了二三十年前的香港一樣，好懷念。

進行了一番詢問後瞭解到，那段時間正好是越南的革新開放（Doi Moi）大獲成功，經濟飛速發展的時候。這個原本處於饑荒狀態的國家，變身為世界第三大稻米出口國，人民生活也終於得到了改善。此外，由於越南軍隊從柬埔寨撤退，也令它在國際上獲得了認可。

市場上有許多中國人，大家發現了我是陳美齡，紛紛圍過來和我說話。我問他們：「生活過得怎麼樣啊？」他們回答：「慢慢沒以前那麼難過了。」我又問：「但是以前肯定很辛苦吧？」這次他們表情平靜地說：「反正我們什麼時候都過得很辛苦。」那副表情，似乎是在訴說戰爭時期的苦難生活。

阮氏兄弟

我們此行的目的，是採訪越南戰爭期間美國投放的枯葉劑造成的影響。越南有一對著名的連體嬰阮氏兄弟，在日本首次完成了分離手術。手術後弟弟阮德很健康，哥哥阮越卻處於意識不清的狀態，躺在胡志明市的醫院裡。我們這次拜訪了那所醫院。

阮德當時九歲，感覺已經習慣了面對來自日本的採訪團隊。他非常有精神地說「我以後要當醫生」，還給我唱歌。他只有一條腿，卻喜歡在醫院裡到處跑來跑去。而阮越雖然臥床不起，但當我看著他的時候，他似乎對我的眼神有了反應。

「這兩個孩子也是多虧大家的好心幫助，屬於特例。如果認為所有的連體嬰都能這麼幸運，可就大錯特錯了。默默死去的孩子們要多得多呢。」這段話，醫院的副院長向我們強調了很多次。

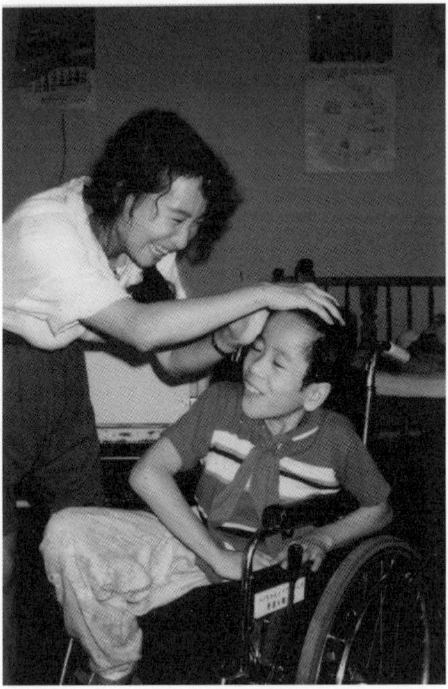

阮氏兄弟的弟弟阮德，很快就和我變成好朋友。

攝影師的眼淚

「現在還是會有這樣的連體嬰出生。」聽到副院長的話，我一時懷疑自己的耳朵有沒有聽錯。「可是我們從來沒聽說過呀。」面對採訪人員的疑問，副院長回應道：「那是因為誰都不報導啊。就是因為沒人報導大家才不知道。我們這裡就收容了一對連體嬰孩子，一起去看看吧。」然後，他便邁開了腳步。阮德跳上自己的輪椅，興奮地牽著我的手為我帶路。

玻璃材質的保溫箱裡，是一對軀幹部分相連在一起的連體寶寶。也許在阮德看來，這兩個嬰兒和他們兄弟是一樣的吧。「快看快看。」阮德手舞足蹈地對我說。醫院相關人員向我們做了說明：「這對連體嬰是從胸部開始相連的，但是內臟的連結情況並沒有阮德和阮越那樣複雜，等他們養好些體力，也許就能做手術了。」

醫院的人繼續說道：「再去看看已經死亡的連體孩子吧。」於是，我們跟隨上去，而阮德不知何時已經跑開了。

醫生打開了一個房間的門，裡面擺滿了許多玻璃瓶，是用福馬林泡著的嬰兒。

只有一條腿的，從胸部長出手的，內臟長在身體外面的，有好多隻手的，下半身呈葡萄狀的，各種情況的孩子都有。副院長說：「除了是因為枯葉劑的影響，我實在解釋不出還有其他什麼理由。」

聽副院長介紹的過程中，我閉上了眼睛，只能雙手合十，一邊拜一邊祈禱。這時，突然聽到水滴落下的聲響。是什麼東西「嗵，嗵，嗵」掉了下來？我睜開眼睛，原來是攝影師流淚了。因為他正在拍攝，騰不出手擦眼淚。我可以把眼睛閉起來，而他卻得代替所有人的眼睛，所以一邊拍一邊看得哭了出來。

恐怖的二噁英

枯葉劑是越南戰爭時期，美軍噴撒在越南境內的。當時在北越有一派被稱為「越共」的游擊軍隊，隱藏在茂密的越南森林中。為此，美軍從美國本土運來了一種叫做「橙劑」（Agent Orange）的橙色粉末狀枯葉劑，用直升機等方法大量拋撒。轉瞬之間，森林全都枯萎了。聽說最初美軍以為「橙劑」對人體無害，所以在己方營帳周圍也噴撒了。

然而到了一九六五年左右，這種枯葉劑所含的二噁英物質，被證實對人體極為有害。於是美軍不再在自己的陣地使用，但還是繼續在越南土地上拋撒枯葉劑。受此影響，在越南慢慢開始有畸形嬰兒出生。

有一張照片，拍的是枯竭的原野裡三個被拋棄的孤兒，他們的手腳全都是扭曲的。這張照片非常有名，在許多地方得過獎。它呈現的事實，便是被噴撒了枯葉劑，或食用了含有枯葉劑的食物的人們，會生出畸形孩子。三個孤兒中最小的妹妹已經去世，她的大哥和二姐幸存下來得以長大成人。這次我們也拜訪了孤兒院，見到了這兩個孩子。

哥哥受枯葉劑的毒害影響，手腳全部彎曲了，智力發育也很遲緩。二姐雖然頭腦聰明，但手腳也同樣彎曲了，她在孤兒院裡生活，使用特別定制的縫紉機做縫紉活。我問她將來有什麼夢想，她的回答是：「想做英語老師。」

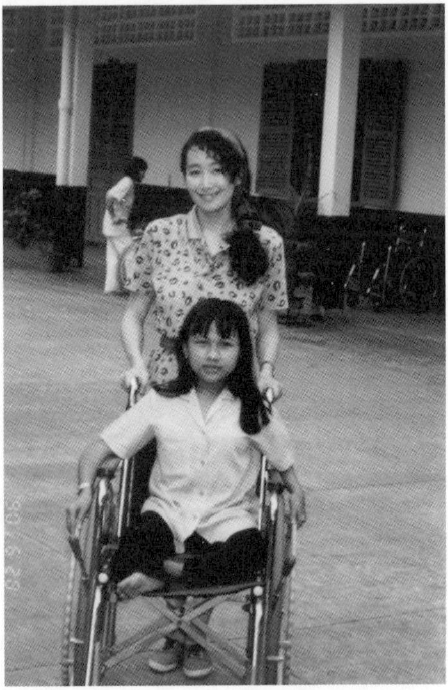

雖然身體不自由，但她是一位非常聰明的女孩。

被埋葬的犧牲者

在我訪問的當時，越南戰爭已結束了十五年，我本來想，即使從枯葉劑噴撒的最後時期算起，殘留的影響應該也沒多少了吧。然而，事實並非如此。

在被噴撒了枯葉劑的地區，女性群體中有非常多的人患有子宮癌。據說，如果父母中有一方攝入了枯葉劑，生出畸形兒的機率就會一下子上升。一九九五年，越南與美國恢復了正常的外交關係，照理會有更多的資料被挖掘出來，更多的事實會被發現和承認。但是，在我們採訪的越南醫院，卻得到了這樣的說法：「不管我們說什麼，國際社會都不會承認的。因為如果提到賠償問題，會產生一筆鉅款。這些受害人會成為一生都被埋葬的犧牲者吧。」

在美國，吸入過「橙劑」的美軍人員及其家屬可以獲得治療。可是，越南人的受害情況卻不被承認。而且，雖然至今仍有畸形嬰兒出生，但卻不容易被發現。

很多個案的揭發，其實源自畸形孩子出世引起的騷動，但是也有很多思想守舊的人，認為「因為娶了骯髒的媳婦，才生出這樣的孩子」，「因為和惡魔丈夫結了婚，所以才生出這種寶寶」。

因此，如果女性從遭受枯葉劑影響的地域出身，生孩子時就不會去醫院。頭兩胎先去產婆那裡接生，沒問題的話才去醫院。如果生出的孩子是畸形的，就會自行處理丟棄。「被掩埋的死嬰，多到數不過來。」聽了副院長的這句話，我啞口無言。

與幸恩的相遇

副院長說：「離這裡稍遠些的城市還有一個人，想採訪的話我可以帶你們去。」於是，我們花三個小時去了那個地方。聽說那孩子的母親見自己生出了畸形兒，驚慌地逃走了，孩子被寄放在醫院，我們去看望的時候才剛出生三個月。

當時，那孩子正睡在成人病房大樓角落一張嬰兒床上，床幾乎完全生鏽了。床上搭著蚊帳，我把它撥開，只見一個非常可愛，皮膚白如雞蛋的女嬰，安靜地睡著。她的衣服上有名字的刺繡「幸恩」，是院長給起的，意為幸福。

小寶寶醒來睜開了眼睛，我將她抱在懷裡，發現她沒有雙手雙腳，是生來就這樣的。出生三個月的正常嬰兒，被抱著的時候通常都會在大人懷裡動來動去，可這孩子完全不會動，就像稍硬一些的枕頭一樣，那感覺很怪，令我又心疼，又震撼（見本文開首照片）。

抱了一會兒，幸恩開始扭討，哭了起來。我也是母親，明白怎麼一回事。這哭法，是想要喝媽媽的奶。由於當時我剛生完第二個孩子，還在哺乳期，身上散發著母乳的味道。幸恩的母親逃走以後，她一滴母乳都沒有喝到過。真不可思議，果然是出於本能吧，她聞到我的味道就哭了起來。

我問醫院的人：「我能給她餵奶嗎？」他們搖頭答道：「不可以。因為她的狀態很不穩定，如果你現在有病或者身體裡有病菌，那就麻煩了……」聽著幸恩的哭聲，我心裡很難受，但也只好放棄給她餵奶。

為了採訪，護士把幸恩的衣服脫了。她的手只長了一點點，腿完全沒有，但那張臉就像天使一樣可愛。我非常難過，和採訪的工作人員一起哭了。戰爭真的是無法容忍，我的心中升騰起一股怒氣。

幸恩的信息

要離開醫院的時候，醫生叫住了我們，握著我的手說：「你們是從日本來的吧？我們一起呼籲和平吧。就算再怎麼想快點結束戰爭，也絕對不能用連對人體有什麼影響都搞不清楚的武器啊。」

當時我並沒有明白醫生說這些話的意思。等到坐進車裡，我想起來日本曾經被原子彈轟炸過的歷史，才終於聽懂了。

日本有過類似的經歷，因此，日本應該對這個國家感同身受，一定要有共通意識。我深深體會到，只要人在日本，我也有義務肩負起這個責任。

二噁英的毒素會滲透至土壤、水源，通過食物進入人體，影響人類最基本的生殖功能，世世代代都很難消除。在日本，像魚貝類，還有垃圾處理場冒的煙，都有檢測出二噁英；美國產的檸檬裡也檢出了這一成分，引來一時話題。看來，我們人類真是不懂得汲取教訓啊。

在我回到日本之後一年左右的時間裡，我夢見了好幾次幸恩。於是我和丈夫商量，準備把幸恩收養下來，找人詢問了幸恩的近況，卻得知她已過世的消息。

雖然幸恩去世了，但是她的哭聲，她那天真無邪的笑容，將永遠活在我的心裡。

CHAPTER 2.2

柬埔寨：赤柬的禍害

柬埔寨王國

立國年份	1953
國土面積	181,035km²
人口	2018 | 1,629 萬
產業結構	農業 | 稻米
GDP（百萬美元）	2017 | 22,252
識字率	2015 | 77.2%
人類發展指數	2016 | 0.563
平均壽命	2015 | 58.9
5 歲以下兒童死亡數（每千名）	2016 | 31

廢墟城市金邊

我是在一九八八年六月，為了電視採訪而到柬埔寨的。那年恰好是柬埔寨從波爾布特一派（又稱為「赤柬」或「紅色高棉」）的大屠殺和恐怖政治中解放的第十年。當時統治柬埔寨的，是越南支持的韓桑林政權。也就是說，那時的柬埔寨還沒有被西方各國承認。我們經由泰國進入越南，再從越南取得簽證飛往柬埔寨，手續非常複雜。

到達首都金邊之後，第一眼讓我們感到吃驚的，是大街上破破爛爛的樣子。從赤柬中解放出來已有十年，但這個國家絲毫不見什麼起色。道路、學校、民宅、電影院、上下水道，依然全部都是壞的。這令我深切感受到一個事實：如果國際社會撒手不管了，這個國家該怎麼重新站起來，怎麼恢復經濟呢？

馬路上到處是衣衫襤褸的孩子，鮮少碰見老人或五十歲以上的人。這不禁讓我再次陷入沉思，這個國家究竟發生了什麼？

在來訪以前，我一直以為柬埔寨是被越南軍隊控制的。那時候聯合國正式承認的，是被越南軍隊驅逐、逃至泰國邊境的波爾布特政權，加上西哈努克、宋雙組成的三派聯合政權。由於韓桑林政權是和越南合作的，所以西方社會在那段期間並不承認柬埔寨作為一個國家。實際上，我對波爾布特政權也知之甚少，那是場非常複雜的內戰，無法斷言到底誰對誰錯，腦子裡一直沒弄清楚。

但是在金邊，似乎沒多少普通老百姓討厭越南軍隊。取而代之的，他們嘴裡經常會提到波爾布特政權怎麼怎麼樣。在從七十年代開始持續的內戰中獲勝的波爾布特政權，當政時期為一九七五年四月到一九七八年十二月的三年零八個月。在這段期間，柬埔寨人民真的如同墜入了地獄。

曾經被賣身，被救出之後受保護的孩子們共同生活。

赤柬進城

此行我遇到了許多人。最讓我印象深刻的，是在孤兒院見到的一個女孩子的故事。和她見面時她已經十八歲了。通常來說，提起孤兒總會覺得還是孩子吧。但那家孤兒院裡，十多歲的孩子非常多。比較多的情況是，那裡的孩子無論女也好男也好，都沒有地方去，也沒有家人親戚，所以就算找到了工作也會一直待在孤兒院，或者乾脆在孤兒院工作，換取生活。

那個女孩子原本家裡七口人，內戰時一直住在金邊。波爾布特政權的赤柬軍攻城那天的情形，她記得一清二楚。

車子疾駛而來，有人在喊：「請大家快點出來！身邊的東西全都別要了，抓緊時間。空襲馬上就要來了，趕緊疏散吧！」於是大夥真的什麼都沒拿就跑了出來，被軍隊帶走，開始成群結隊地從金邊疏散出去。

那個女孩也和家人一起排在疏散隊伍中。在某地集合之後，赤柬軍對他們說：「現在國家非常需要有技術的人。比如會修電話、修車、打字的人，或者老師之類的，就算之前是屬於其他派系的軍人也沒關係。還有醫生、會說外語的，總之只要有技術，請都報上名來。為了讓國家重新站起來，需要你出一分力。」

於是有一些人站起身，他們都坐上卡車被帶走了。

女孩的兩個哥哥也走了。那是她最後一次見到哥哥們。其中一人會修電話，另一個會修車。

然而，被帶出去的這些人，絕大多數都在郊外的處刑場被亂槍掃射而死。原來，赤柬軍的想法非常極端——我們不需要技術，不需要外國的東西，也不需要文化，就是因為有這些，農民才會受苦；住在城市裡的人都是敵人，殺了也不足惜。說什麼有空襲都是騙人的，疏散人們，就是為了把城市裡的人趕出城市，強迫他們勞動。

家散人亡

召集起來的人們，被分成一個一個班，強迫工作。女孩那時大概五歲，她有個姐姐也很年輕，兩人和父母一同被帶到類似營地的地方，被迫在農田裡勞動。女孩的大姐則被送進青年班，和她們分開了。

大人和小孩各自分開做農活，從早上五點一直到晚上八點，十分辛苦。一天放兩次飯，早晚都只能喝到粥。城裡人原本就不習慣幹體力活，大家因為營養失調，紛紛累倒了。

女孩分到兒童班和姐姐一起幹活。畢竟是小朋友，肚子很容易就餓了。有一天，姐姐發現有一顆番薯掉在路邊，於是趁人不注意迅速放到嘴裡，吃了大半個。好巧不巧，立馬就被巡邏監視的士兵發現了。士兵質問姐姐：「喂，你幹了什麼？」嚇了一跳的姐姐拚了命地道歉。士兵又說：「快給神明好好道歉！跪下來叩頭！」然而，就在姐姐跪下把頭低下去的一瞬間，一把刀突然從她後面砍過來，切下了她的頭。這一幕就發生在女孩眼前。接著，姐姐的屍首被踢進了農田裡。

「你別跟任何人說啊，不然下次就輪到你了。」士兵威脅女孩。

回到家之後，女孩一直保持沉默。就算媽媽一再追問：「姐姐發生什麼事了？

到底怎麼了？」她因為實在太害怕，沒有說出真相。

那天夜裡，隔壁小屋的叔叔來到女孩家。因為孩子們都在同一班裡，叔叔從自己孩子那裡知道了事情經過，跑過來通報姐姐被殺的消息。可是沒想到，在赤柬軍臥底的監視下，這件事情敗露了。一下子衝進來好幾個士兵，把隔壁叔叔和這女孩的父親帶走了。自此以後，他們再也沒回來。

女孩母親悲痛欲絕，病倒了，無法出去幹活，而不幹活的人是沒有東西吃的。女孩就想每天早上把自己分到的粥藏起來，送到母親那裡，卻被士兵逮到了。士兵責問道：「是你媽媽重要，還是國家重要啊？」還用槍猛敲女孩的頭。

之後不久，某天早晨起床，女孩發現睡在她旁邊的媽媽，身體已經僵硬了。

終於，天涯孤獨

就這樣，女孩只剩下自己一個人。

過了兩三個月，不知道從哪裡傳來驚呼：「越南軍來了，越南軍隊來了！」

孩子們拚命穿過農田，朝大馬路跑去。其中有的孩子被赤柬士兵抓住毆打，有的被射擊，但是大家依然不顧一切地奔跑，最後終於跑到了國道上，越南軍隊也趕來了。他們光是行軍至金邊的路途中，就「撿到」了兩萬名孤兒。

女孩得救了。

雖然她成了孤兒，可幸她的大姐在青年班被營救出來了，因此一家最後剩下兩個人。她們似乎一直覺得，哥哥們八成已經被殺了。

赤柬軍對許多人進行了拷問，之後就殺了他們。當年在赤柬的吐斯廉集中營，會為被收監的人們拍一張臉部照片，集中營現在被改為大屠殺紀念館，受害者的照片還貼在牆上。女孩一直沒有勇氣進去，是因為害怕說不定那裡貼著哥哥的照片。爸爸是肯定已經死了。可如果在那裡發現了哥哥的照片，那就連剩下的唯一希望都破滅了。因此女孩絕對不願意進那個博物館裡去……

在柬埔寨和泰國的邊境，時常可以見到被泰國送回來的被販賣的兒童。

大屠殺的傷痕

我在香港當偶像歌手的時候，曾在東南亞各地做過巡迴演唱。那時從柬埔寨、越南的華僑那裡也收到了許多粉絲來信，還會附上自己的照片。像這樣的信件，很多都收藏在我香港的家中。但是我在金邊的時候，沒有一個人向我搭話，我想，「已經是二十年之前的事了，大家也許都忘了吧。」

然而當我在一家小餐館吃飯時，有位女子用中文小聲問我：「您是陳美齡吧？」我立馬回答她：「啊，你是第一個認出我的人啊。誰都沒向我搭話，還以為大家都忘記了呢。」她眼中泛淚，喃喃低語：「您在說什麼呢？……因為大家都死了啊，全死了啊。」當時我聽到這句話受到的震撼，無論如何都不會忘記。竟然問出那種問題，我真是個笨蛋。一想到放在家中的照片上那些人可能也已經死了，就寒毛直豎。

女子和我說：「有個地方挖到了被掩埋的屍體，雖然有點遠，要不要一起去看看？」我決定和她一同前往。據說那個地方有一萬幾千人被殺，發現的遺體大概有八千具。

我想，大屠殺事件已經過去十年了，應該會有墓碑或紀念碑吧。可到了那裡一看，原野上只有一處處坑坑窪窪的洞而已。一個洞大約九米大小，據說每個都埋了一二百人。不知是不是由於那些遺體變成了肥料，只有洞周圍的土壤顏色變了，雜草叢生。

我問：「被挖出來的遺體現在在哪裡？」女子回答：「在後面啊。」我回頭一瞧，八千具骸骨，就那樣曝露在荒野上堆積起來。骨頭圓的歸圓的，長的歸長的，彎的管彎的，僅僅是按不同形狀排列在一間簡陋的小屋裡而已。有的骸骨一看就知道是嬰兒的，非常小。目睹這一幕，真的讓我背脊一陣發涼。

女子對我說：「我們再去看看那些洞吧。」邁步走出去，地上到處都是骨頭，多到走路的時候沒辦法不踩到。看見我不知所措，為我翻譯的女孩蘇薩比撿起一根骨頭若無其事地遞給我。天哪！這是我第一次手拿骨頭。而且因為柬埔寨很炎熱，白天氣溫超過攝氏四十度，那骨頭也熱熱的，比我體溫還高，感覺就像這人昨天還活著似的。都說人在極度恐懼的時候，表情會變得僵硬，當時我已經是百感交集，不能自已。

為什麼明明是同一個民族，就因為奉行的主義和思想不同就要把對方殺掉呢？我遍訪柬埔寨各地，這個疑問一直縈繞在我心頭。

赤柬軍聲稱他們不需要錢，不需要外國力量，不需要經濟、建設，要過全部自給自足的生活。他們破壞城市，對醫生、老師、掌握技術的人等等，見一個殺一個。他們認為，唯一正確的就是農民，不好的是掌控金錢的商人和住在城市裡的人們。所以，他們強迫這些人勞動，過苦日子。這就是他們認為的教育。據統計，共有超過二百萬的當地人被殺，或者病死。這讓我由衷地感到，所謂主義、思想，一旦用錯地方，相當可怕。

我的手上也沾滿了鮮血

在金邊，記者們最常聚集的場所，是一家叫做「曼谷」的外國人專用餐館。

一九八八年六月，剛好是越南軍隊從柬埔寨正式撤離的時期，從世界各地而來的眾多記者聚集於此。

我在這家餐館和他們吃飯時，發生了這樣一件事。我說：「都過去十年了，和平活動也陸續展開，可重建工作怎麼那麼慢呢？到底是誰的問題，才造成現在這個局面？」然後，一名德國記者突然指著我的鼻子說：

「就是因為你啊。」

「啊？等等，我什麼都沒做啊。」

「你是哪裡人？」

「中國人。」

「支持波爾布特的是誰呢？不就是你們中國嗎？」

「……」

「所以你說，這難道和你沒關係？」

天哪，這對話震驚到了我，當時腦海一片空白。

當然了，我是可以反駁的，因為我不是在內地長大，也不贊成赤柬的大屠殺。但我確實不能說這和我毫無關係。

見我一言不發，旁邊的美國人對德國人說：「是嗎？可你也有責任哦。」德國人一聽：「開什麼玩笑。」美國人繼續說道：「因為這十年間對柬埔寨人民的艱苦生活放任不管，由得他們餓肚子，我們都有責任，不是嗎？你的國家也是聯合國的一員吧？聯合國是不承認柬埔寨的啊。在我們的地圖上，這個國家是不存在的。如果你那麼憎恨波爾布特政權的話，那為什麼要承認『三派聯合』，在泰國邊境給了波爾布特活路呢？你能說，你自己的手上沒有沾著血？」

圍坐在餐桌前用餐的人，全都沉默不語，現場鴉雀無聲，大家沒了胃口。

我想，再也不能說遙遠外國的戰爭和自己毫無瓜葛了，世界沒這樣簡單。以前那個「不會吧？真的嗎？為什麼？」的自己在這時結束了。如果「不知道，不明白，不是我的責任」是孩子的特權，那麼我當時一下子就變成了大人。心中的那份單純，似乎永遠消失了。

在保護中心，自己一個人專心學習的小女孩。

全世界是連在一起的。正因為如此，我才想努力從事各種和平活動、義工活動，盡可能洗掉沾在我手上的那些鮮血。

摸索中出發

自此之後，柬埔寨對我來說變得非常親近。抱著希望幫助他們盡快振作的想法，我給 NGO 捐款，讓他們在當地修建醫院。

我第二次訪問柬埔寨是在一九九零年，當時柬埔寨政府正拚盡全力重振經濟。

然而，赤柬軍隊沒有完全消失，因為有人給他們提供資金。比如日本經由泰國商人購買的木材、紅寶石，都是來自赤柬政權掌控的土地，這理所當然成了他們的資金來源。反對者們呼籲不要從泰國進口木材和紅寶石，但是日本的企業卻置若罔聞，結果等於是日本在間接地支持赤柬政權。直到一九九九年，赤柬的殘餘勢力才終於徹底滅亡。

柬埔寨原本給外界的印象，是一個豐饒的國家。受湄公河滋養，土地非常肥沃，只要勤懇勞作，每年能收穫三次稻米。在湄公河裡，能捕撈到像小龍蝦之類的珍貴品種，還有各種魚類。從這層意義上來看，只要柬埔寨政局穩定，處於和平之中，就一定可以重振旗鼓。

九十年代，通過聯合國維持和平部隊的努力，柬埔寨變化巨大，由韓桑林和西哈努克共同維繫國家政權。但是，政局依然不算穩定，人們的生活也並沒有好轉。

最難辦的，是當時老人、老師、醫生和掌握技術的人基本上已被屠殺得所剩無幾，所以一切都只能在摸索中前進。這也是為什麼柬埔寨的嬰兒死亡率在亞洲國家中最高的成因。為了克服這樣的窘境，「母親教室」流行起來。許多人連如何餵奶，生病了怎麼治都不清楚，非常困難。

經過那麼一場浩劫，失去了能指導下一代的前輩老人，國家該有多麼艱難，柬埔寨人民一定深有體會。據蘇薩比所說，連韓桑林政府一開始也是從「打字員是什麼？」這樣的疑問起步的。外交官是什麼？外交到底要做什麼事情？——因為不知道這些，當時政府人員都是去越南大使館，事無鉅細一點點請教的。

即便如此，這個國家依然有許多滿懷熱情的人們，希望他們能盡早治癒心靈上的創傷，努力生活下去。

買賣人口的最佳場所

二零零二年，我第三次視察柬埔寨。這次我去了西北部的波別（Poiphet），那裡與泰國邊境接壤，可以最清楚地瞭解人口買賣的實際情況。

國境的另一邊，有一個泰國境內最大規模的大型市場。每天早上，柬埔寨這邊都有幾千人為了找工作，跨越國境，然後一整天都在泰國的市場上幹活。到了傍晚，邊防關閉之前，人們又如退潮之勢回來，就是這樣的一個小城。

越過國境的時候，大人必須出示身份證，並支付通行費，但是孩子的話就不用。所以在國境周圍，有許多孩子混在大人堆裡工作。有的推著裝有像山堆一樣高的農作物的貨車，有的抱著嬰兒乞討。他們當中，還有些你想都想不到的新奇工作：身上舊衣服能穿多少件就多少件，然後越過國境。舊衣服如果是作為商品運送的話，多少必須支付過境稅，但披在身上的話就不用。因此，有的孩子為了賺一點點的錢，就這樣無數次來回往返國境。

這些拚命幹活的孩子們，特別容易成為人口販子的目標。對於壞人們來說，那麼多孩子自由出入國境的波別，是個方便人口買賣的場所。

撐傘的瓦妮

波別原本是個人口只有七千人的小村子。進入二十一世紀，村子建起了七個以泰國人為顧客對象的賭場。

想要在那兒找工作的人開始聚集起來，人口也漲到了之前的十倍之多。但是，賭場是不僱用當地人的。所以後來慢慢地，圍繞那七家賭場，波別形成了非常大的貧民區。

在邊境把十多件舊衣服穿在身上過境的小女孩

瓦妮是個十二歲的女孩子，在賭場周圍做幫人撐傘的工作。

從泰國過來的巴士一停在國境上，許多泰國客人一窩蜂下車走向賭場。距離最多也就一百米，孩子們爭相給那些顧客撐傘。晴天日子撐陽傘，下雨天撐雨傘，就靠這樣拿小費。

瓦妮一整天都在做這種撐傘活，所以也沒去上學。

她跟我說：「我從十歲開始，每天國境開放的早上七點起，到關閉的晚上七點，都在這裡工作。」

我等瓦妮工作結束，跟著她一起回家。我們坐在摩托車拉的拖車上二十分鐘，下車後又走了大約三十分鐘。路上正好下暴雨，兩個人身上全濕透了。道路泥濘不堪，穿著鞋子走的話，腳會陷在泥裡拔不出來，所以都是赤腳走路的。

在一片曠野中間有一間小屋。屋簷不住漏雨，裡面黑漆漆的。家裡母親抱著一個嬰兒，還有兩個弟弟。瓦妮把賺到的錢交給母親後，給弟弟們餵飯。只有很少的菜配飯，飲用水就喝雨水。因為太冷，弟弟們哭了起來，瓦妮一言不發一直

瓦妮回家後還要照顧弟弟，很辛苦的每一天。

在哄他們。每天的日子，就這樣循環往復。

但是，瓦妮卻總是保持著微笑，踏實工作，從不抱怨一句。

瓦妮說：「住在我家附近的朋友，被個阿姨帶走了。」瓦妮的哥哥也是自從去了泰國工作，就沒回過家。

像生活在國境村落的瓦妮一樣，這些普通的、關懷兄弟姐妹的好孩子，正是人口販子的絕佳目標。

被母親賣掉的薩妮

我又見到了一個叫薩妮的孩子，她被收留在 NGO 的收容所裡。

薩妮是九歲時被母親賣掉的，後來一直在泰國做嬰兒保母，但是僱主會打她，也不給飯吃，後來逃到街上被人找到，才強制遣返回了柬埔寨。回到家的薩妮在十一歲時，又被母親賣了，在泰國大街上被迫賣花和乞討，後來又被發現送了回來。我見到她的時候，她已經住在 NGO 的收容所裡了。

薩妮是孝順的好女兒，但慘被媽媽賣掉。

我們見面的翌日，是薩妮與許久未見的母親會面的日子。

我和她約定好：「明天我和你一起去見你媽媽吧。」第二天早上，我過去找她，卻發現她發了高燒，正在嘔吐，但仍然說：「我想回去。回家之後要照顧弟弟們。」

我在計程車裡塞了被子，一路上就讓薩妮躺在我的膝蓋上，但駛到了途中，她又開始吐了起來。

看到這副樣子，我試探著問她：「薩妮啊，我們換一天再去吧。這樣就算回去了，你媽媽也會擔心你的哦。」薩妮聽完，說：「是嗎？也是。」於是喝了果汁，吃了點心，沒過十分鐘燒也退了，恢復了健康。看來，她內心還是不想和母親見面。

把薩妮安頓好，我去見了她母親。

我問那個媽媽：「你為什麼要把自己孩子賣掉？」她回答我：「因為沒錢，沒辦法才賣的。」

「但是第一次她回來了，你也應該知道薩妮在外面有多辛苦吧？可為什麼又

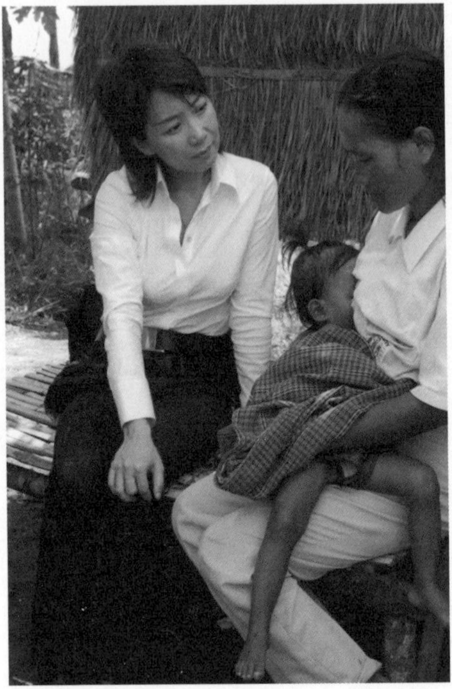

貧窮的家庭，被迫把孩子賣掉。

把她賣了呢？」

「因為薩妮自己說要再出去的……」

我對這位母親模稜兩可的態度，實在無法理解。家裡應該還有兩個弟弟，可也沒見到。她解釋說：「我送到遠房親戚那裡照顧了。」不過我覺得，八成已經被賣掉了。

人口拐賣者與購買者

是什麼樣的人在做中介，引誘孩子然後把他們賣掉呢？我在柬埔寨一個村子裡找到了一名中介，被人稱為「MAKETUL」（意為候鳥的父母）。她是當地警察的妻子，而告訴我這件事的孩子對我說：「絕對不要說出去哦。不然我會被殺掉的。」

我跑去見這個女中介，一把抓住她質問道：「你就是人口買賣的中介吧！我明白你想要錢，但你一定也知道那些孩子會遭受多大的不幸吧！你自己也有小孩的啊！」

雖然她否認道：「我絕對沒做過那種事。」但就在我們說話的時候，原本圍著我們的村民們一下子作鳥獸散。因此我就斷定了果然是這個人，沒錯了。長得和藹可親的阿姨，公車司機，有時連和警察有關係的人都會成為拐賣者。一想到這點，我的背脊都發涼了。

由於波爾布特的赤柬大屠殺，在柬埔寨，知識分子和老人基本上全部被殺了。因此，下一代的父母都是沒受過教育的，連賴以為生的手藝也沒有，全國人口的六成都是十八歲以下的孩子。戰爭結束後，只能靠年輕人像瞎子摸象般重建國家。

結果，柬埔寨的人民成為周邊國家壓榨的對象，很多孩子們淪為商品。女孩子以性為目的被賣掉，男孩子則被帶到農場、工廠或船上迫他們幹活。年幼的孩子被迫乞討、賣花、做嬰兒保母、幫工等等。就連嬰兒也被大量賣到別處做人養子或用於器官買賣。

UNICEF 正在柬埔寨進行一項計劃，名為「為了最需要保護的孩子」，調動當地政府和 NGO 組織，針對被拐賣、被虐待的孩子進行保護。但是，幫助人們自立，提高人權意識的活動，尚處於剛起步的階段。

和平的重要性

柬埔寨人是非常友善的民族，笑容就像太陽一樣溫暖。我在孤兒院遇到的女孩子也非常親切，大家雖然聊到以前的事還是會感到害怕、憤怒，但他們都是很溫柔的人。

很奇妙地，柬埔寨對我來說，是個非常可愛的國度。它告訴了我，和平是多麼重要、多麼可貴，自己又是多麼的幸運。

無論奉行什麼主義，我都堅決反對因而發動戰爭。聽起來再崇高的理想，如果要通過殺人來實現，也是不能成立的。「我是絕對正確」的想法，正是戰爭的源頭。在這世界上有很多人和事物，好惡有分、贊否有別，但因此而傷害甚至抹殺他人，是怎樣都不能容忍的。我深深地覺得，人類不能陷入「絕對」的迷思，最重要的，是不能忘記柬埔寨人們曾遭受的痛苦。

CHAPTER 2.3

南蘇丹：內戰與兒童兵士

南蘇丹共和國

立國年份	2011
國土面積	619,745km²
人口	2018 | 1,383 萬
產業結構	重工業 | 石油
GDP（百萬美元）	2017 | 2,870
識字率	2015 | 31.9%
人類發展指數	2016 | 0.418
平均壽命	2015 | 49.9
5 歲以下兒童死亡數（每千名）	2016 | 91

持續四十年以上的內戰

為了調查童兵問題，我一九九九年去了蘇丹。

據統計，全世界有三十萬名兒童士兵。聯合國一直向世界各國呼籲簽署《兒童權利公約任擇議定書》，停止徵召十八歲以下兒童參軍。為此，我訪問了童兵數量最多的南蘇丹。

蘇丹的內戰是南北戰爭。北邊的政府軍以喀土穆為首都，是信奉伊斯蘭教的阿拉伯人；南邊是黑人，基督教徒眾多，由反政府組織控制。南北兩邊，在我出訪的那一年，已斷斷續續打了四十年以上的內戰，累計有二百萬人喪生。然而這一情況幾乎沒在日本報導過，我之前也不瞭解其中詳情。

資料搜集後發現，最大的爭端是石油。在南北交界之處發現了一片油田，品質優良，每天能開採一百萬桶。這可是一樁大買賣，於是其他國家介入進來，分別支持北邊或南邊，爭奪戰就此打響。

洛基喬基奧的傷患醫院

因為南蘇丹是激戰地，被日本外務省劃定為不准前往的危險地區。所以我先去到與南蘇丹國境接壤的國家——肯雅的洛基喬基奧。

在紅十字會的戰地醫院裡，直升機不斷送來傷者。蘇丹境內實在太危險，連醫院都不能建。醫生們穿著沾滿鮮血的白大褂，其中一位對我們說：「由於傷患都是晚了三、四個禮拜才送來，原本不用切除的傷腿也不得不切掉，原本不會死的人也死去了。」他們的表情如同繃著一根弦似的緊張。

醫院裡唯一一位日本人護士黯然神傷地對我說：「你可以這樣想：每運來一個人，就代表後面有一兩百人連來也來不了。在南蘇丹內部，每天都有許多人死亡。」

在中庭裡，失去了腿的大人和孩子，排著隊伍等待領取義肢。住院大樓裡，有人痛到嚎叫，有人唱歌消愁，還有人在祈禱；兒童病房裡，擠滿了瘦削的母親和她們的孩子。

我遇到了一個被槍擊中臉部的女性。雖然做了好幾次手術，但她的半邊臉還是沒了，連嘴唇也沒有。她曾無數次想到過自殺，但由於正在懷孕，沒有選擇去死。我對她說：「為了孩子，你要加油啊。」她流著淚點點頭：「嗯、嗯。」

空氣中到處飄散著血腥味。我真實地見識到了，這裡是真正的戰場。

童兵薩提諾

因為走陸路很危險，我們租了一架小飛機進入南蘇丹。

最先到達的是馬佩爾（Mapel），由於遭受旱災，這個村子在兩年間就死了幾萬人。

我第一步探訪了 UNICEF 建造的學校，有很多小孩子趁天還沒亮，就從家裡

課室在大暑之下，黑板是木塊，沒有紙筆，兒童在泥土上用手指寫字。

花五、六個小時走過來。這個地方學校之少，由此可見一斑。

給我們當翻譯和嚮導的，是曾經當過童兵的蘇丹人拿破崙。通過他，我見到了在這裡上學的薩提諾，他以前也是童兵。

薩提諾十二歲，長相精悍，走路有點跛。他跟我說：「我六歲的時候，父親就在我眼前被政府軍殺了。到了八歲，我就自願加入了反政府軍。」他十一歲時被槍擊中腿部，從此一條腿傷殘了，後來退伍回到了村子。

同行的攝影師開始給我們拍照。這時，薩提諾突然大發雷霆。

他大聲叫道：「你們這些人，拍下我這潦倒的模樣，肯定是想回到日本給所有人看，然後一起取笑我吧！」聽到這麼出乎意料的話，我流下了眼淚，拚命向他解釋：「絕對不是那樣的！我們是擔心你們才來這裡的啊。」但是，四周不斷有人圍上來，沒有辦法，當天只能中途收隊，非常遺憾。

第二天，下起了傾盆大雨。當地人向我們表達了感謝，說是託我們的福，才帶來了這場雨。我們在帳篷裡避雨時，從遠方看到有人影向我們走來。原來是薩提諾拄著拐杖，在瓢潑大雨中來到營地。全身濕透了的他是來向我道歉的：「昨天把你弄哭了，對不起。」聽了他說的，我的心一下子揪緊了。

我拉著他坐下來，再次和他聊了起來。

「為什麼你會當兵？」

「難道我還有其他的可以做？家裡有媽媽和姐姐，我必須保護她們。反正吃不飽飯，我需要武器，除此以外沒有其他的路。」

如果問香港的小孩子，想必會有各種各樣的夢想，比如運動員、飛機師等等。但是薩提諾的身邊只有戰爭，他只能成為士兵。

「你有殺過人嗎？」

「要是不殺人，我不可能活到現在吧。那可是戰爭啊。」

「殺過很多人嗎？」

「敵人一衝上來我就用槍掃射，連數數的空閒都沒有呢。」

「你的朋友們呢？很多都死了嗎？」

蘆提諾是 12 歲的退休士兵

「當然死了。阿姨，你為什麼要問那麼理所當然的事？」

我對薩提諾說：「這不是理所當然的。在普通的世界裡，像你一樣年紀的孩子，會去學校學習，放學回家吃飯、玩耍，是這樣的日子哦。」

但是，拿破崙沒有給這段話做翻譯，他說：「薩提諾太可憐了，我沒法說給他聽。」

聊了許久，正當我們要回去的時候，薩提諾第一次讓我看到了一個十二歲孩子本該有的表情。他對我說：「我覺得我媽媽還活著，我想見她。」

我抱住他，對他說：「我們會盡力幫你找她的，我也有個和你一樣大的孩子哦。」他一下子顯得很害羞，向我微微一笑。但那笑容也只是一瞬間而已，之後他立刻又繃直身子，回復軍人的面貌。

翻譯拿破崙

給我們當翻譯的拿破崙，從八歲起花了兩年時間，徒步走到了埃塞俄比亞。

那是一九八四、八五年左右，埃塞俄比亞正處於戰亂之中。

「那時候，有傳言說去埃塞俄比亞就可以上學，所以一大批孩子都往埃塞俄比亞走。到了之後，大家被帶進一個巨大的球場，那裡已經有好幾千個孩子了。有幾個孩子被推到眾人面前，隨後旁邊的士兵對大家說：『來，我們開個歡迎會吧。這幾個人是你們的前輩。這個人偷過別人東西，這個人不聽命令，這個人則是想要逃跑。大家好好看看，他們都會有什麼下場。』說完，士兵就嘭嘭嘭把那幾個孩子都射殺了。」拿破崙向我訴說了他的親身經歷，他說從目睹那一幕開始，就一次都沒想過要逃走。

因為不想被殺死，拿破崙只能硬著頭皮幹。通過各種學習，他當上了爆破兵，負責裝炸彈、拆地雷。他接到的第一個任務是在敵人的瞭望台設置炸彈，殺死放哨的士兵。雖然任務成功了，但殺人的時候，他受到了強烈衝擊。

之後三、四年，拿破崙一直在做和炸彈有關的任務。他對我說：「有一天，一直和我一起行動的戰友在拆地雷的時候失敗了，地雷爆炸。等我回過神來，發現戰友的頭已經沒了，他的腦漿全都濺在我的身上。因為受了巨大打擊，我的眼睛看不見了，被送進了醫院。後來由於太害怕，再當不了爆破兵。」幸好拿破崙努力學會了英語，成了將軍的翻譯員，這才幸存下來。

「森林」裡的居民

類似的經歷不僅發生在薩提諾和拿破崙身上，那樣的孩子有幾萬人之多。

二零零零年，埃塞俄比亞終戰，那些孩子全被送到了一處位於肯雅的難民營裡。光在那個營地裡，就生活著幾千名曾做過童兵的孩子，無法回到蘇丹。

他們把難民營叫做「森林」——「這裡和監獄是一樣的。我們就像動物一樣，只是被關在這裡而已。所以說這裡就是森林。」

一個孩子對我們說：「大家都是長身體的時候，一個禮拜的伙食量四天就吃完了。所以後面三天只能餓肚子，那幾天簡直是『黑暗之日』，肚子裡就像有個深不見底的洞一樣。」

剛從戰火中逃離的難民，只可以住在草屋裡。

可我覺得，不單單是肚子裡，他們的心裡也有一個暗黑之洞敞開著。蘇丹的戰爭什麼時候結束，當時誰都無法預測。

兒童權利公約任擇議定書

在南蘇丹，以前如果發生旱災，人們就會移至靠近河川或有水源的地方生活。受尼羅河滋養，那一帶的濕地非常豐饒，只要好好耕耘，甚至可以提供全非洲人口需要的食糧。然而因為戰爭關係，人們不能遷徙，無法從事農業，被迫餓肚子。為什麼不能阻止紛爭呢？是為了什麼，大家要打仗呢？帶著這些尚未得出答案的疑問，我回到了日本。

回去後，我在各地做報告，講述童兵現狀，並邀請拿破崙來日本一同參加研討會。由於日本還沒有在聯合國提出的《兒童權利公約任擇議定書》（為強化《兒童權利公約》制定的國際協議書）上簽字，我還參與了游說政府及呼籲署名的活動。

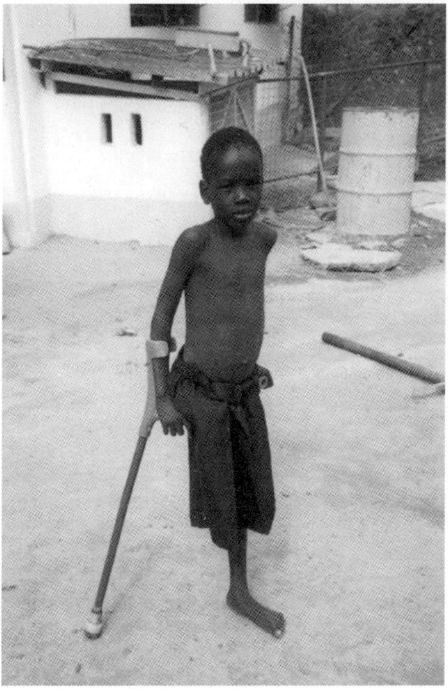

很多小孩子成為戰爭的犧牲品

結果，日本雖然在議定書上簽了字，但關於從軍年齡一律不得小於十八歲這一條，卻受到美國的強烈反對而未被通過。因為在美國，只要得到父母許可，十七歲也能參軍。另外，孩子十五六歲開始就能進入軍事學校的國家非常多，所以這種情況也作為一個特例，未被禁止。

達爾富爾的新紛爭

後來我也一直關注著蘇丹的情況。

二零零五年，南方的蘇丹人民解放軍與北方政府軍之間，終於締結了和平條約。然而另一方面，二零零三年開始，一場新的內戰又打響了。這就是達爾富爾戰爭。

達爾富爾這個地方，居住著與南北兩邊都不一樣的民族，當地人民一直不滿：「我們並沒有受到政府的庇護，為什麼一定要從屬於蘇丹？」

於是政府開始打壓進行反政府活動的達爾富爾人。一群叫做「賈賈威德」

（Janjaweed，意為「騎馬的惡魔」）的民兵，也協助政府的鎮壓活動，騎著駱駝、馬匹襲擊村子，殺人搶掠，當地人都非常害怕他們。直至二零零五年為止，已有二百萬人淪為難民。

聯合國把這一狀況稱為「本世紀最大的人道危機」。而且那時當地持續乾旱，再這樣下去，擔心許多孩子都會餓死。

於是，我在二零零五年再次訪問蘇丹，來到了達爾富爾。

九萬人的難民營

達爾富爾是真正的沙漠之地，攝氏四十度以上是等閒之事，加上沙子反射陽光，體感溫度更高。沙子會跑進鼻子、眼睛、耳朵，無孔不入，導致喉嚨乾癢，出鼻血，連眼睛都睜不開。

我們來到了阿維索難民營，那裡的規模龐大到難以相信，沙漠正中間兀然矗立著許多相連在一起的帳篷，一望無邊。原本計劃只收留三萬人，結果卻來了九

為了拿水，排隊大半天。

萬，情況一發不可收拾。為了難民生活所需，一直在挖深井，導致地下水位不斷下降，水源越來越難取得。儘管如此，人口仍然不斷增加，水源問題日益惡化。

取水的隊伍綿延不絕，有時甚至要輪候兩天。無論是上臨時搭建的廁所，還是領取配給的食糧，眼前盡是蜿蜒的長蛇。大家等得不耐煩，總是吵架，衝突不斷。在我看來，這個營地就像個定時炸彈一樣。

我轉了好多個帳篷詢問情況。

一位母親手裡抱著小孩，對我說：「我們被賈賈威德襲擊，逃了出來。」她走了三天才走到了這裡。

我還和一個女孩子交上了朋友，她帶我去她的帳篷裡看看。

她媽媽說：「沒有水的話，連飯都做不了。除了分發的東西，這裡真的什麼都沒有。」於是我問：「那你們現在最想要什麼？」我原本估計她會回答水，但這個母親說：「我想讓孩子上學。最重要的是孩子的未來，所以我想要教育和和平。」

被殺的孩子

山上有一個富爾族的村子，我在那裡見到了長老。由於只有一條路通往山頂，而且只夠人和驢子通過，即便賈賈威德攻上山去，村民也能擊退他們，這樣才得以幸存。

我們坐直升飛機到達山頂，村民們熱情地夾道歡迎我們。長老是領導十五萬富爾族人的族長。這裡還有從其他村子逃難過來的人，因為沒有住處，有的拖家帶口露宿於樹下，還有一些受了傷的人。

我還去了山下一個被民兵襲擊過的村子，那裡所有的房子都被燒毀了。北方政府聲稱與這次襲擊無關，可是有證言提到：「先是來了飛機轟炸，緊接著襲擊過來的賈賈威德民兵隊，身上穿的是政府軍的制服。」村民告訴我們：「男人們全被殺死了，女人被強姦，東西也都被奪走。他們在村子裡放火，斷了村裡的水源才撤退。」

我們去看一座已變成了廢墟的學校，當地人指著一面牆對我說：「你看這個牆壁。」我一瞧，上面有好多彈孔的印跡。

「學校是在早上被襲擊的。他們讓全部男生站在這面牆壁前，進行集體射殺。你看，牆上還看得見腦漿和血的痕跡吧。」確實，牆壁稍低的位置一片狼藉，看到的時候，我眼淚都流得止不住，面對著牆壁嚎哭。

年輕士兵還帶我去看了埋葬孩子們的地方。「每埋了一個孩子，我們就放一顆石頭。」在那裡，同嬰兒的頭一樣大小的石頭，總共有四十個以上。

可蘭護身符

士兵們一個、兩個地聚攏到我身邊，有很多是臉龐稚嫩的孩子。他們連軍服和軍鞋都沒得穿，只有武器帶在身上。所有人都掛著小小的可蘭護身符。

我詢問了這大約二十名左右的士兵們，他們都告訴了我自己的經歷。

「我們村子被襲擊，家人都被殺光了，所以我決定戰鬥。」「我以前是大學生，只因為富爾族人的身份，兄弟們就被殺光，只有我和母親活了下來。已經沒有什

在學校裡兒童被屠殺時留下的子彈洞

麼可以失去的了，我要拚死一戰。」

我說：「大家還是想和自己家人團聚的吧。」接著唱起了一首懷念故鄉的歌《歸來的燕子》。其中一個看起來很害怕的士兵，突然哭了起來，一個接一個，最後所有人都哭了。我是第一次見到那麼多男人的眼淚。無論站在戰爭的哪一邊，每個人都有自己的家人，都是某人的子女啊。

不一會兒，一直跟著士兵的孩子們也圍了上來。他們全都是孤兒，因為舉目無親，就跟著士兵過活，也順勢成為童兵的預備軍。

前來迎接的直升機到了，正當我們準備打道回府時，一名士兵剪下自己身上可蘭護身符的繩子，給了我一個。他對我說：「帶著這個可以守護你，一定要活著回去哦。」我回答他：「你比我更需要啊。」他又說道：「不不，我們大家都要活下去。」我的心頭一熱，又想哭了，又感激，又感動，又心疼……那時候得到的護身符，我到現在都很珍惜地保留著。

關於分享

回到首都喀土穆，我們召開了記者會，來了許多當地記者。

我的話講完後，到了現場提問環節。

有記者問：「您也去了南蘇丹，那麼您覺得那地方怎麼樣？」我是這樣回答的：「那裡是天堂。有雨下，青草長得比我還高，花開芬芳。吹來的風中有尼羅河的味道。早晨我在鳥兒的鳴囀聲中醒來，夜晚蟲兒吱吱叫，令我睡不著。請盡快結束戰爭，去那裡看看吧，這樣就能感受到，你們的國家是一座天堂。」說完，會場響起了驚歎聲。

接著又拋來一個提問：「如果你是蘇丹政府，會怎麼做？」我這樣回答：「最重要的詞只有一個。那就是share，分享。蘇丹比日本要大七倍，擁有石油資源。土地豐饒，只要好好耕耘，就能使非洲所有的人都不再挨餓。還有數不盡的牛羊家畜。如果不打仗，就可以過上美好的生活。即便不同民族、不同宗教，只要互相分享，大家都能過得富足。可以這樣轉達給你們的政府

受過苦的人，往往是最善良的人。

嗎？」講完後，現場響起了熱烈的掌聲。

大家都疲於應付戰爭了。不僅是南邊，達爾富爾的反政府軍也好，被政府徵兵的北方士兵也好，每年都有大量死傷。所以大家都在真心期盼和平快快來到。

內戰的真相

二零一一年，南蘇丹獨立，但翌年內戰又再開始，到現在還沒有結束，戰爭的故事仍在繼續。話說回來，無論是政府軍還是反政府軍，為什麼會有那麼多武器裝備呢？打仗也需要錢，肯定有國家提供給他們資金，在背後喊「打啊，打啊！」煽風點火。

戰爭不絕的地區，多為石油、鑽石、黃金、木材等自然資源豐富的地方。所以以前的內戰，很快便偃旗息鼓，而現在卻遲遲結束不了。因為雙方各自都有後臺支持，置本國人民的利益於不顧，只考慮「造福」後臺國家，所以才結束不了戰爭。

即使內戰結束，新政府成立，站在那些後臺國家的立場，如果新政府不聽話就麻煩了。然而，聽從外國勢力的傀儡政權，民眾自然會反對。這樣一來，又會出現反政府武裝。然後又有別的國家支援反政府一方，背地裡煽動他們打仗，周而復始。因此而犧牲的都是普通老百姓，其中大部分是女性和孩子。

明白到這一點，我們就絕對不能允許任何國家，為了自己的利益而煽動他國紛爭。聯合國應當牽頭形成國際輿論，加以遏制。

CHAPTER 2.4

伊拉克：從波斯灣到美伊戰爭

伊拉克共和國

立國年份	1958
國土面積	437,072km²
人口	2018 | 3,990 萬
產業結構	重工業 | 石油
GDP（百萬美元）	2017 | 197,699
識字率	2015 | 79.7%
人類發展指數	2016 | 0.649
平均壽命	2015 | 60.0
5 歲以下兒童死亡數（每千名）	2016 | 31

美國的先發制人

我是二零零三年六月去伊拉克的，正好是美國布殊總統五月剛宣佈美軍勝利後的第二個月。

伊拉克從一九九一年的波斯灣戰爭以來，受到了十年以上的經濟制裁，令到這個本來挺富裕的國家，淪落到每六個兒童就有一人活不過五歲。

究其原因，前總統薩達姆．侯賽因也有責任。但是經濟制裁如果不小心處理，就會變成最應該受罰的人逍遙法外，只有普通人在受苦。在經濟制裁之下，大部分非本國製造的進口物品也斷絕了供應，當中首推食物和醫療用品，為此最受影響的還是孩子們。在伊拉克，因為營養失調而長不大的孩子越來越多，我一直很擔心。

二零零三年三月，布殊總統聲稱「伊拉克擁有大規模殺傷性武器，這是和支援阿蓋達組織的恐怖主義國家的戰爭」，不顧國際社會的反對聲音，依然攻打了伊拉克。這次戰爭並不是防衛反擊，而是第二次世界大戰以來，名義上首次由先進國家發起的主動攻擊。

世界各國的反對理據，都是指「只要還沒有受到危害，就絕不能攻擊其他國家」。美國這次的攻擊，打亂了以聯合國為中心一直維護的國際秩序，令聯合國顏面掃地。

當時我就想，經此一役，再也分不清孰善孰惡了。就算美國在戰爭中得到勝利，他們之後也絕對會後悔的。

死亡公路

從科威特越過國境，伊拉克那邊的國境無人看守，國境線附近也不見聯合軍、英軍或美軍的影子。我以前曾跨過陸路國境許多次，但像這樣的經驗還是第一次碰到。

有一條公路，因為在波斯灣戰爭中受到大規模的攻擊，被稱為「死亡公路」。我們在那條路上行駛時，道路兩邊，到處殘留著破破爛爛的戰車。

給我們做嚮導的工作人員說：「路面沒有鋪好的地方有很多未爆彈和地雷，踏上去就死定了哦。」

在這次戰爭中，美軍投下了大量子母彈。一發炸彈中會再分散出許多顆小型炸彈，其中最多只有六成會爆炸，剩下的就變成未爆彈落入地面，與地雷無異。在平民居住的地區投彈是戰爭犯罪，然而這樣的無差別對人炸彈襲擊，卻在伊拉克大量發生。

「戰車攻擊也會用到貧化鈾彈，內含放射性物質，所以絕不能靠近啊。」嚮導人員對我們說。但我看到在戰車附近的污水潭，因為天氣炎熱，氣溫超過五十攝氏度，還有孩子在那裡喝水。

我大為緊張：「太危險了，得叫孩子們快離開。」工作人員卻對我說：「沒辦法，他們肚子太餓了，趕跑了也會馬上回來。從戰車上卸下的金屬部件、從炸

兒童們在廢墟中玩耍，不知道危險。

彈上拆下的火藥，都可以在黑市上賣掉換成食物哦。」

我問：「那樣不是會有很多孩子死掉嗎？可是新聞裡報導說沒有孩子死亡啊。」得到的回答是：「沒這回事，事實上很多孩子死了啊。你去城裡看看就知道了。」

巴斯拉的孩童墓地

巴斯拉的市中央，有一片墓地。目力所及之處，全都是一排排嶄新的墳墓。有錢人的墳墓，用混凝土加固過，塗成白色。沒錢的人，就用沙子蓋起來而已，連埋在裡面的人身體有多大都看得出來。小墳墓多到數不過來，戴著黑色面紗的母親們在墓碑前哭泣。我在那裡第一次真實地瞭解到，原來有那麼多孩子死去。

由於空襲和掠奪，這座城市已破爛不堪，如同廢墟一般。位於底格里斯河和幼發拉底河交匯之處，曾有「中東巴黎」之稱的美麗城市巴斯拉，如今到處是殘垣破壁，看不到半點當年的影子。

儘管如此，大街上還是人滿為患。在侯賽因執政時代，許多人為政府工作，現在政府倒臺，那些人都丟了工作，有八成正處於失業中。戰爭剛剛結束不久，食糧配給都沒有，大家為了生存不顧一切。我們一下車，一股人潮湧來。工作人員說：「這裡很危險，請不要和一般人接觸。我們趕緊離開吧。」但那樣做的話，就說不上是 UNICEF 的視察了。

「我自己的命自己會負責，我想聽到伊拉克人民的真實聲音。」我說服了工作人員，得以和當地人們直接交流。

大家都在向我控訴，「房子被炸得七零八落」，「死了很多人」，「被炸彈炸傷了」。有人翻開衣服，給我看燒傷的痕跡和被炸彈碎片刺穿的傷口。有位母親脫下孩子的褲子指給我看：「我家孩子，小雞雞都被削下來了啊。」家家戶戶的房子牆壁上，留下了許許多多清晰可見的彈孔痕跡。

兒童的墳墓多到數不清

飛來橫禍的穆薩

穆薩家的周圍，林立著不少又大又漂亮的房子。

原本伊拉克是中東地區教育水準最高、最富裕的國家。他們靠著神賜予的寶藏——埋在地下的石油，都過著富足的生活。在這裡，還能見到當年那種生活的殘影。

早晨五點左右，穆薩為了祈禱，和十六歲的兒子一起出了庭院。突然傳來爆炸聲，他心想「有飛機來了嗎？」剛抬頭朝天上看去，人猛地就被炸飛了。等回過神來一看，家裡房子已經沒了，兒子也不見了。雖然其他家人都沒事，兒子卻完全被廢墟埋住，死了。

穆薩帶我看了被毀壞的房子後，在他們小小的臨時住所裡把家人介紹給我。母親給我看兒子的照片，哭個不停說：「這孩子很孝順的。」

在那片區域，類似遭遇的家庭有很多。我還訪問了一戶家庭，他們原本有十五口人，受爆炸襲擊，其中十人全死了。「那時我們因為害怕，大家聚在最裡面

變成廢墟的住宅區

的房間睡覺，突然導彈就飛進來了。」在他們給我看的照片中，有年幼的孩子、嬰兒，還有年輕的母親。

也許有人會認為，美軍的攻擊是定點襲擊，不會對平民造成傷害。但是，現實證明這完全是謊言。不然的話，我怎麼會見到那麼多的墳墓？報導出來的新聞和親眼目睹，完全不一樣。

沒喝過熱飲的傑哈恩

我遇到了一個叫傑哈恩的九歲小女孩。她總是笑瞇瞇的，很可愛，但長得很瘦小，經常流鼻血，也會感到頭暈。她在我住的酒店前面賣向日葵種子，我向她買了一點，跟她變得要好，她邀請我去她的家探訪。

傑哈恩的家在一幢公寓裡，有兩個房間，和十個家人住在一起。戰爭爆發以前，父親是卡車司機，但現在沒工作，一整天都在河邊釣魚。

受經濟制裁影響，傑哈恩自出生以來從沒有穿過一件新衣服，沒穿過一雙新鞋子，沒吃過一次肉。最令我震驚的，是她說：「我從來沒喝過熱的東西。」由於伊拉克非常熱，人們回到家後，習慣喝一杯放了很多糖的濃咖啡或紅茶，幫助排汗。這是以前就有的習慣，但傑哈恩的家沒有多餘的燃料，喝不到熱飲。我說：「可是你們國家的地下不是有很多石油嗎？」傑哈恩的母親一臉難過地回答我：「反正石油沒造福我們家，也不知道去哪兒了。」

住在那幢公寓裡的人，喝的是水管接的河水，所以大家都有慢性腹瀉的毛病，傑哈恩的弟弟也病了。

我問傑哈恩：「你最害怕什麼？」她回答我：「夜裡有爆炸。」我又問她：「那你的夢想是什麼呢？」她露出一副世故的表情道：「我想要沒有炸彈的安穩生活。爸爸傍晚能活著安全回家就行了。」她純真和善良的回答感動了我的心，我擁抱著她，替她覺得難受。

我也去了傑哈恩上的學校。因為沒有紙，期末考試是口頭形式的。廁所壞了不能用，也沒有水喝。

沒有紙筆，只可以用口述來測驗。

我還去了其他被破壞的學校，所有地方都沒有修繕的計劃。當地人說：「雖然我們也想快點重建，但重建的權利在美國公司手上，我們本地人動不了工。」

當時，UNICEF 動用了八十台供水車，從科威特往返輸送了三百萬噸水。即便這樣，也無法滿足巴斯拉所有人的需求。美軍的大卡車在國道上來來去去，卻從不給當地居民運送任何東西，我實在難以理解，為什麼還不趕緊恢復人民的生活呢？

「這孩子，我自己勒死可以嗎？」

我在伊拉克時心裡感到最難受的，是在母子醫院裡。

即使把病孩送到醫院，沒麻醉設施、沒醫用氧氣、沒藥物、沒水電，什麼都做不了。那裡有許多早產兒，卻連個好好的保育箱都沒有。

「一般來說，體重達到六百克就能治好。但因為沒有器材，這裡連八百克重的嬰兒都救不活。再過幾小時，這些嬰兒就會活活死在我面前。」看著老式保育箱裡的嬰兒，醫生們極力訴說他們的難處。那裡的人是有技術的，但沒有醫用物品，什麼都幫不了。感覺大家快要被一股無力感和壓力逼得爆發了。

癌症部門裡也有很多孩子，一片愁雲慘霧。沒有止痛措施，只能忍著病痛。

我在病患中間巡視了一圈，發現一個哭得很厲害的男孩，三歲半左右，因積了腹水，肚子漲得很嚴重。我走到旁邊，年輕的母親突然抓住醫生的手腕問道：「他已經沒救了吧。如果是那樣的話，我來勒死他行吧？是嗎？可以吧？」而一邊的父親一直在求醫生：「請一定要想辦法幫幫我們。」

不知如何是好的醫生最後抓著我的肩膀，哭了出來：「你是從日本來的吧？那你應該知道怎麼幫助受了輻射的孩子才是。請教教我，救救這些快要死去的孩子吧。」

我也不知該說什麼，淚水淌了下來。那位母親向我們道歉：「對不起，讓你因為沒辦法解決的事情難受了。」

人類真是愚蠢。在廣島和長崎原爆之後，人類明明已經痛定思痛，絕對不再使用不清楚會對人體造成什麼影響的武器，如今卻在重蹈覆轍。

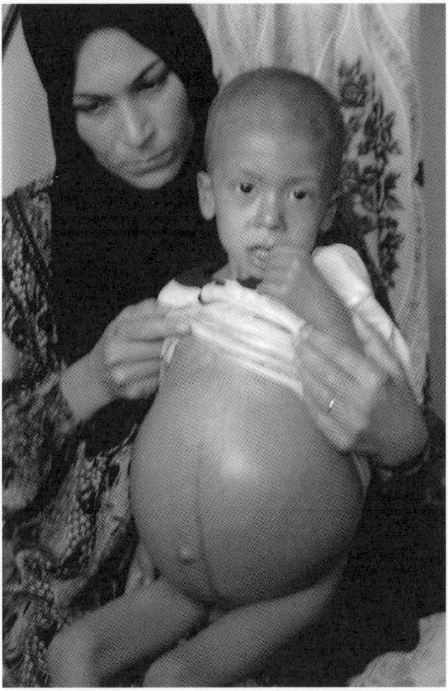

小男孩一直哭過不停，媽媽的悲傷，誰能理解？

為什麼患上癌症的孩子那麼多呢？雖然美國沒有承認，但所有醫生都表示，唯獨在使用了貧化鈾彈的地區，患癌兒童的數量異常增加。這肯定是因為貧鈾彈的原因。

在這家醫院裡，其實只有癌症末期的兒童。病情稍微好一點的孩子已經送回家了，所以實際的患者人數要多得多。這樣的影響會持續多久，誰也不知道。就算戰爭結束，傷痕也永遠不會真正痊癒。

生命的重量

我是少數見證了伊拉克現實的一員。在日本，由於發生了有國民在伊拉克被俘事件，被輿論批評「給自己國家添麻煩」，以後誰也去不了伊拉克了。可是，如果不和伊拉克人民直接交流，就無法弄清真相。

比如說，我曾見過這樣一幕。伊拉克的孩子們在路邊玩耍時，美軍、英軍的戰車開過，孩子們大展笑顏、揮手致意。然而當戰車在路口拐彎一開走，孩子們就板起面孔，吐出舌頭做鬼臉。

我問他們：「為什麼要這樣？他們是為了你們來的呀。」孩子們回答我：「阿姨你真單純啊。他們來是為了石油，是來搶我們國家石油的，都是小偷啊。」這就是現實。

人類的欲望是沒有止境的。

「我所信奉的神是最正確的」，「想成為世界的救世主」，「為了維持文明生活，石油是必須的」……為了實現各種各樣的欲望，有人會捏造毫無道理的藉口，攻擊其他國家。在伊拉克，大量平民因此喪生，然而媒體上報導出來的，卻大多是美軍死了多少人的消息。

無論伊拉克還是美國，生命的重量應該是同等的。這場戰爭死了多少伊拉克平民，媒體應該一起報導出來。

和善的伊斯蘭教徒

如今整個世界的論調都像是在說「伊拉克人全都是恐怖分子」，但絕對不是這樣的。伊拉克人待人親切，很有禮貌。我在傑哈恩家裡時，一到吃飯的時候，就會來很多人。傑哈恩的家人就算自己餓著肚子，也要先讓客人們吃好。

他們家庭的關係很緊密，敬老尊賢。女性比中東其他國家都自由，出門不用遮臉，也會化妝。負責給客人擺椅子、端茶水的是年輕男性，家裡最受敬重的不是父親，而是最年長的女性，完全是頤指氣使的感覺。

我在去伊拉克之前，也一直覺得伊斯蘭教徒很可怕，但實際根本不是這回事。心地善良，認為幫助別人是真主旨意的伊斯蘭教徒，真的非常多。

關上車門疾駛，不與平民接觸，光聽當地負責人的說明，是無法了解真正的伊斯蘭教徒的。伊拉克人民非常喜歡日本，尊敬日本人。有伊拉克人就對我說：「我非常喜歡日本，想去日本向日本人學習，讓我們國家也成為經濟大國。」我只希望那樣的想法，在日本派遣自衛隊到當地支援美軍之後，也不要改變。

伊拉克戰爭中，一般人受害很深，小男孩的家曾受到多次攻擊。

不能讓他們白死

戰爭結束，最終發現，伊拉克既不存在大量殺傷性武器，和阿蓋達組織、恐怖分子也沒有任何關聯。如此一來，美軍先發制人的根據也就不攻自破。此外，這一場戰爭間接造成恐怖分子 ISIS 的崛起，在敘利亞的戰爭中帶來大量人命死傷和幾百萬的難民。

布殊一直宣稱「要以民主主義解放中東地區」。但所謂民主主義，就是民眾自主選擇自己的未來。不同國家、地區，信奉不同宗教，有不同人種，他們所認為的正確方法當然也不一樣。美國認為美國式的民主主義是最正確、最好的方法，隨他們怎麼去想，但如果用武力將自己的理念強加於他國，就是強人所難了。

結果，這只不過是冠冕堂皇的理由，戰爭的背後其實另有用心吧。

布殊對侯賽因，有著自己父親幾乎被暗殺的私怨。而美國副總統切尼則擔心，侯賽因和法國、俄羅斯簽訂了石油開發協定，會令美方再也得不到伊拉克的石油。於是美國在對伊拉克的經濟制裁即將解除的那一年，發動了攻擊。

許多戰爭皆是如此。和民主主義、解放這些旗號沒有任何關係。

中東局勢繼續處於不穩定狀態，得利的將是美國，以色列和沙特阿拉伯會向美國購買大量武器。亞洲也是這樣，如果政局穩定了，美國的武器就沒了銷路。總之，武器是最好賺的生意，煽動市場是生意人的本性。只要有人掙錢，恐怖主義和戰爭就不會消失；為了得到石油和金錢，他們不惜害得許多孩子死亡，把一個國家搞得雞犬不寧、天翻地覆。

近年來，世界好不容易往減少軍備的方向走了，卻因為這些人的所作所為，又開始走向了軍事擴張的道路，甚至連核武器擴張，也一步步變成現實。

無論花費多少金錢和時間打仗，對人類都沒有任何好處。這麼顯而易見的道理，大家一定要認真想一想。不要被某一個強國隨意擺弄，而是在聯合國的框架下，緊密加強對話，遇到問題不要訴諸武力，而是在不斷對話中解決國際爭端。這樣做，才是弔慰無數伊拉克死難者的唯一方法。

CHAPTER 2.5

索馬里：被世界遺棄的國家

索馬里聯邦共和國

立國年份	2012
國土面積	637,660km²
人口	2018 | 1,150 萬
產業結構	畜牧業 | 牛、羊、駱駝
GDP（百萬美元）	2016 | 6,217
識字率	年份不詳 | 37.8%
人類發展指數	2016 | 0.285
平均壽命	2015 | 47.8
5 歲以下兒童死亡數（每千名）	2016 | 133

三個自稱政府

我是在二零一零年去索馬里的，目的有兩個。第一，索馬里當時正爆發激烈的內戰，我想親眼看一看那邊孩子們的生活情況。第二，是為了多了解女性割禮的習俗。近年在非洲發生的紛爭和暴動，與伊斯蘭激進組織有著脫不開的關係。他們的目的，是想在非洲哪怕其中一個地方也行，建立起完全以伊斯蘭原教旨主義為基礎的政權。但不管是在阿富汗還是伊拉克，這一野心都沒能實現。而索馬里也屬於伊斯蘭圈。尼日利亞、查德等國家的北方地區也屬於伊斯蘭圈，因此，也是伊斯蘭激進勢力瞄準的目標。

索馬里自一九九一年政府倒臺以來，一直處於無政府狀態。國內分為三股勢力，各自建立了臨時政府，爭取獨立，但是無論哪一派都未被國際社會認可。

根據日本外務省的資料，我去那裡的時候，當地一個日本人都沒有。由於恐怖襲擊、綁架、海盜等等治安上的問題，外國人基本上不會接近索馬里區域。外資企業全部撤退，就連大使館也不能設在索馬里，各國將使館設在了肯雅或埃塞俄比亞。

當時，索馬里的人口大約有九百萬，其中半數是兒童。需要緊急援助的人，佔總人口的三分之一，有三百二十萬人之多。平均壽命四十歲，所以我在那裡已經是長老級了。不到五歲就死亡的兒童，比布基納法索還多，佔兒童總數的兩成。因為戰爭，索馬里是全世界發展最落後的國家，也是三個沒有簽署《兒童權利公約》的國家之一。在索馬里，每兩名兒童中就有一人要勞動，重度營養失調的佔四成，簡直像是被世界拋棄了一樣的國家。

我們的目的地是位於北部的第二大城市哈爾格薩，這裡自過去開始便是商業重地，乃索馬里重要的出口貨品駝絨的集中地，從這裡運往中東地區。

大街上，遍佈著如同蜘蛛網一樣四通八達的電線，都是大家隨意拉接的。在內戰中被損壞的建築沒有維修過，原封不動，牆上看得到無數個子彈痕跡。被燒毀的車子就那麼橫躺在道路旁邊。垃圾到處堆積如山，被弄壞的道路坑坑窪窪。有不少人在垃圾山裡乞討。自來水道、下水道等基建設施相當不完善。

在這裡宣佈獨立的自稱政府，名為索馬里蘭。

當時的索馬里有三派勢力，北部的自稱索馬里蘭，海盜頻仍的沿海自稱邦特蘭。而從激戰地首都摩加迪沙到南面的區域，則由阿蓋達組織所支援的青年黨（Al-Shabaab）控制。這三股勢力為了統一索馬里而持續內戰，但是一直處於膠著狀態。

哈爾格薩流入了大量難民。但是，由於這裡相對地沒有受到青年黨的侵襲，索馬里蘭政府發表聲明：「這裡的流通貨幣很穩定，也很安全，適合大家來觀光旅遊。」但這種說法只是一種對外宣傳，以盡早爭取獨立。事實上，在我出發的幾個月前，才發生過聯合國職員被襲擊的事件。

多年來的戰爭，把索馬里變成恐怖分子的基地。

出發前寫遺書

我那次的訪問，也出於安全考慮延期過三次。一次是聯合國職員被襲擊，一次是當地建築物被炸毀，還有一次是綁架未遂，令當地的UNICEF工作人員非常提心吊膽。

聯合國職員進入危險地區的時候，規定一定要寫遺書，聲明就算因故死亡，責任也不在聯合國。我作為UNICEF大使，繼達爾富爾、伊拉克之行之後，訪問索馬里時也寫了遺書。

我們還要進行「遇到緊急事態時應採取什麼行動」的訓練，要通過測試才可前往，這也是聯合國的規定。比如說，要是捲入了槍戰，大家應各自往不同方向逃跑；遇到空襲時，要俯下身體；定期使用無線電互相確認是否安全等。這次我被安排了一輛完全防彈的車子。

通常情況下，防彈車前後會有四五名持槍的警衛，而警衛的前後還有工作人員的車和採訪車保駕護航，在嚴密的保安下移動。萬一我們遇到襲擊，就會正中恐怖分子下懷，因此當地工作人員非常重視安全對策。

活著就是勝利

我去到了一個有四萬人居住的難民營。這是殖民地時代英國政府辦公廳的遺址，如今雖然已經破敗了，但在雄偉的舊建築周圍，出現了無數個難民帳篷，帳篷外部用布和塑膠左修右補，形成了不可思議的外觀。

我先詢問了難民們關於戰爭的話題。二十個左右的女性聚集起來，坐在鋪在帳篷外的涼席上，一個一個給我訴說了她們各自的經歷。

三十七歲的薩珂雅說，她是和九個孩子一起逃出來的。

「我原本住在摩加迪沙，那兒幾乎每天都會發生槍戰，屍橫遍地，士兵擅闖民居，搶掠財物，家裡有小孩的話還直接帶走。我有個朋友，只因為沒有戴面紗，就被士兵鞭打，還被砍下了頭。再那樣下去肯定活不了，於是我下定決心，逃了出來。」

無家可歸的索馬里難民，有些小孩子從沒有見過家園。

「我的丈夫也被殺死了。」「我兩個兒子都被殺了。」「鄰居家被火箭炮擊中，一家六口全部死了。」令人難以置信的經歷，接二連三地從她們的口中道出。大家都表示，沒有住處、沒有食物、沒有工作、沒有可以依靠的人，生活非常艱苦。

弗拉瑪，三十五歲。她挺著大肚子對我說：「今天我就要生下第九個孩子了。」她是和八個孩子一同逃出摩加迪沙的。弗拉瑪還告訴我：「好不容易到了這裡，但我們沒有錢，所以這孩子就準備在小屋裡生了。大兒子生病了，也沒能力送他去醫院。」她的話給我留下了深刻的印象。

「但是呢，我是勝利者。因為我還這樣活著，還可以生孩子。光是能活下來，我就已經成功了。」

沒錯，在索馬里，只要活著，就是勝利。

眼神悲傷的女孩

十六歲的女孩荷丹，神情悲傷。九十年代，荷丹的父母從戰爭中逃到了埃塞俄比亞，所以她是在難民營裡出生的。

十年前，她回到了索馬里，可家園已經化為烏有。自從父母病亡後，就七個兄弟姐妹生活在難民營裡。兩個哥哥靠做日薪的散工掙錢，每天掙大概十港元，支撐著全家的生活。

荷丹從十二歲起就負責做飯，承擔所有家務，照顧小妹妹們，生活過得非常艱辛。

而給荷丹帶來希望的，是當地的女性義工們。

許多索馬里人都到國外工作，在外面掙錢寄回家，那些錢也支撐著難民們的生活。

女性義工們一直努力做支援工作，給難民們提供食物、衣服，介紹工作。但是，難民營裡有四萬人，怎麼也不可能面面俱到。

UNICEF 當地工作人員對我說：「一無所有的人在相濡以沫。在索馬里，所謂的臨時政府沒有給我們做的事情，女性們互相幫助，總算也可以對付過去。」

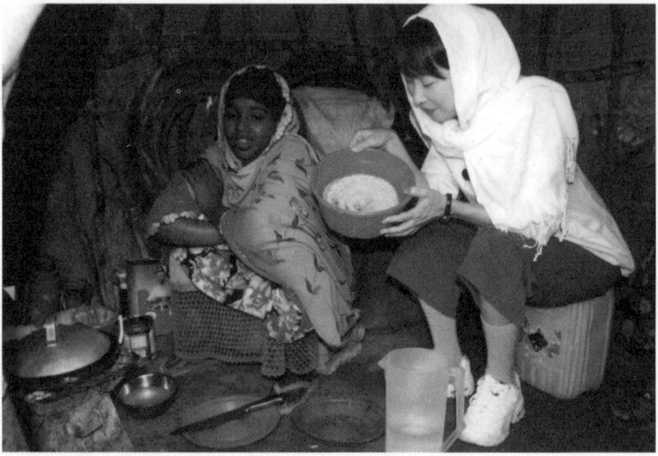

16 歲的荷丹，受過說不出的苦。

她們自己開始摸索的活動，如今也得到 UNICEF 和日本政府的援助，正在擴展至青少年中心、免費小學的運營方面。

荷丹也受惠於這些援助，開始去上夜校了。

營養失衡的孤兒們

哈爾格薩市內的孤兒院裡，住著大約三四十名孩子，很多是在內戰中或逃難時與父母走散的，也有被父母遺棄的。

當地人籌集資金，年紀較大的孩子也到孤兒院外面工作，支持孤兒院的營運。我去拜訪孤兒院那天的晚飯，只有兩張薄餅配茶而已。許多孩子營養失衡，還經常拉肚子，嬰兒一直在哭。

我向他們建議，能養五、六頭羊，再養點雞就好了；而且可以買種子種點蔬菜，多少能供應一些食糧。我留下一點點錢，讓他們可以買羊和種子。

即便如此，問題依然無法從根本上解決，我也只能灰心喪氣地離開了孤兒院。

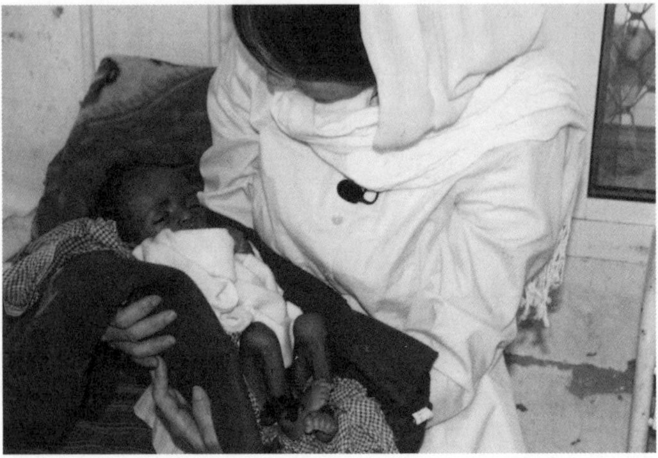

營養不足的孩子，小腿瘦如枝頭。

世界上最殘酷的習俗

在伊斯蘭社會的索馬里，女性要在頭上戴面紗，不能外露頭髮和身體。與此相對，男性卻可以有好幾個妻子，是個對男性絕對有利的社會。

因此，被稱為世界上最殘酷習俗的 FGM（Female Genital Mutilation，女性割禮）至今依然存在著。母親會拜託村裡年長的女性，把女兒的生殖器切除，然後把陰部縫合起來。

這一習俗流傳了幾千年，據說是屬於宗教性質的。如今，在中東和其他伊斯蘭國家，已經不再流行，但是有很多女孩仍然被迫接受 FGM。

在索馬里，幾乎所有的女孩子都接受過 FGM。這是男性的要求，母親們深信如果女子沒有做過 FGM 就不能結婚，因此選擇傷害自己的女兒。考察 FGM 的實際情況，是我索馬里之行的第二個目的。

手術後的身體會留下各種各樣的創傷。除了肉體上的劇痛，更有的女孩因出血過量而死亡。而且是在不衛生的環境中進行手術，一週時間只能喝水，連廁所

索馬里的年輕婦女，大多都是 FGM 的受害者。

都不給上。有女孩因此而發生感染，就算治癒了排尿也會變得很困難，甚至失去生育能力。

為保護女孩的身體

UNICEF為了廢止FGM，邀請伊斯蘭教的指導者研究FGM與伊斯蘭教的關係。得出結論之後，我見到了做研究的兩名指導者。他們對我說：

「可蘭經也好，預言者穆罕穆德留下的話也好，都沒有肯定FGM的內容。倒不如說，傷害人的肉體是違反伊斯蘭教教義的行為。」

在提出想要廢除FGM的阿也哈難民營裡，約四十名女性聚集起來，向我訴說了她們的遭遇。她們所有人都經歷過FGM。

我旁邊坐著四十歲的亞莎，她是實施FGM的一方，每次做手術都會收錢。她是十年前開始這份工作的，每月要給十人左右進行手術，至今已割掉了超過一千人的生殖器。

我轉述了宗教指導者的話，那些女人們非常吃驚，紛紛表示：「以後再也不給自己孩子做那種手術了。」亞莎也對我說：「那我以後不幹了。」但是後來探訪她時提起這事，她卻改了口：「要是不幹的話，我就養不活自己了。別人拜託我的話，也只好照做。」

當地的孩子們已經因內戰和貧困問題受了很多苦，還要對女孩子們實施FGM，實在太殘酷了。UNICEF的工作，就是為了不讓女孩子們的身體再受到傷害而展開活動。

救援無關政治

一九五二年建成的哈爾格薩綜合醫院，牆壁開裂，岌岌可危。醫院裡床位和醫療機械都不夠，院長拚命向外界求助：「希望你們幫幫我們。」

在這裡，我見到了許多營養失衡的孩子。其中兩歲的漢扎，當我抱起他的時候卻感覺像三個月大的嬰兒一樣，非常輕，令我很驚訝。他之前不停拉肚子，被

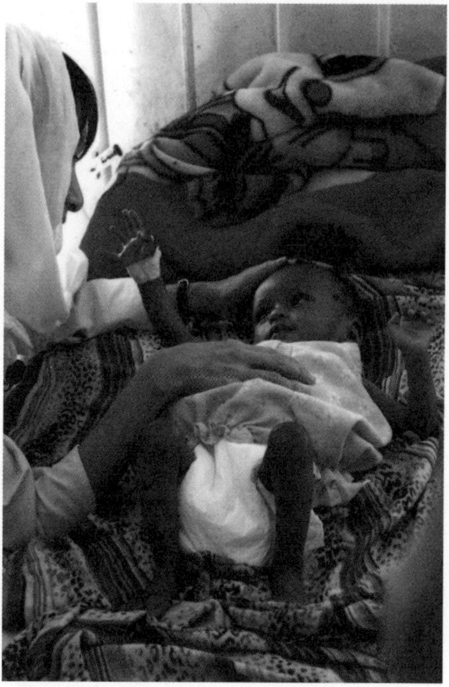

但願我們的活動能救助世上更多的孩子

送到醫院來的時候，已經陷入昏迷。

但是，像漢扎這樣能進到醫院來的孩子，只有很少一部分。大部分孩子連食物都沒有，無法服藥，就那樣自生自滅丟了性命。該怎麼做才能救救這些孩子呢？一想到這個，我就哭得停不下來。

我去索馬里的時候，國際社會的態度是：「等索馬里局勢穩定一點，再給他們援助。」

之後，二零一一年七至八月，摩加迪沙發生了大混鬥。支持索馬里過渡聯邦政府的非洲聯盟部隊與青年黨交戰，將他們趕了出去。到了二零一二年九月，迫於非洲聯盟軍的壓力，青年黨又不得不從南部城市基斯馬尤撤退。

索馬里的治安開始一點點好轉，希望向三派會談踏出第一步。但是，青年黨依然沒有放棄，時不時在各處策劃恐怖襲擊。因此，非洲聯盟的軍隊還不能完全撤退，要仰賴外國力量的支持，維持索馬里一時的安穩。

索馬里的近海，是運送石油等物資的重要海上通道。如果國家不保持安定，海盜就不會消失。所以，國際社會千方百計希望索馬里內戰結束，促成國家統一。

國際援助團體和 NGO 組織，正在索馬里努力支援。UNICEF 也在醫療、保健、用水、衛生、教育等方面開展廣泛的活動。無論政治動向如何變化，我們也必須一直持續下去，保護孩子們生命。

CHAPTER THREE

貧困之苦

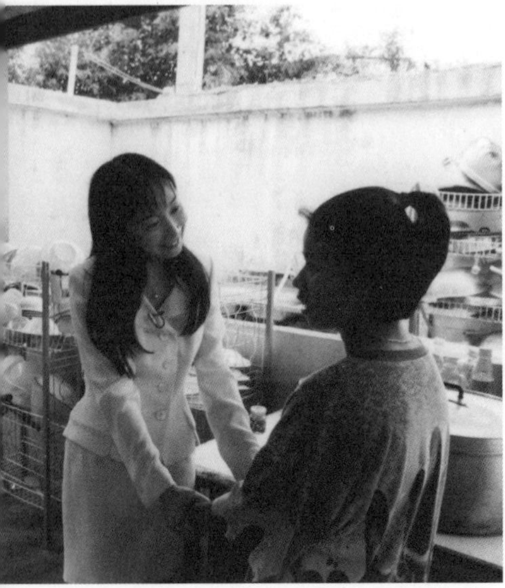

CHAPTER 3.1

泰國：兒童買春與性病

泰王國

立國年份	1932（改君主立憲制）
國土面積	513,120km²
人口	2018 | 6,869 萬
產業結構	輕工業 | 汽車零件、電子產品
GDP（百萬美元）	2017 | 455,378
識字率	2015 | 96.7%
人類發展指數	2016 | 0.740
平均壽命	2015 | 66.8
5 歲以下兒童死亡數（每千名）	2016 | 12

駐日瑞典大使的講話

一九九八年四月，舉行 UNICEF 日本大使任命儀式的那天晚上，我參加了在瑞典大使館舉辦的集會。在那裡，我第一次詳細了解兒童買春的問題。

瑞典女王正積極地著手解決買春問題，駐日瑞典大使也和每一位來賓熱心地講解，我在那裡聽了幾家 NGO 代表的演講。

演講報告中說到：「兒童買春現象的冒頭，是從八十年代愛滋病流行時發端的。因為一部分成人錯誤地認為『如果是小孩就不會傳染愛滋病』，開始去找更年輕的小孩子。」「貧困家庭的孩子被買來賣去。在菲律賓等地，還有被迫良為娼而被殺害的孩子，這已經成了社會問題。」「兒童買春現象的結果，就是愛滋病兒童急速增多。」

其中最令我感到震驚的，是大使的以下這番話：「有很多日本人遊客會去外國找孩子買春。有關兒童色情片，日本是世界第一的出口國。」

「如果日本不做出改變，這個問題就無法解決。在日本，尚未出臺取締買春問題的法律條文，因此普通人的相關認識度很低。為了早日制定出相關法律，也請您努力啊。」

對於瑞典大使的鼓勵，我一下子有了緊迫感。

「買春」，不是「賣春」

那時候，NGO相關人員已經使用「買春」這個詞了。但是在日本，還只有「賣春」的講法，令人聽上去感覺是賣的一方不對。

我也是第一次聽到這樣的呼籲：「因為被害兒童肯定是不願意出賣自己身體的，錯都在買春的人身上。所以今後一定要換成『買春』的講法。」

關於日本是加害國這一點，我真的很吃驚，並強烈覺得一定要想辦法制定法律，洗刷這個污名。於是，我作為UNICEF日本大使第一次前往的海外視察地，就決定去泰國，實地看一看兒童買春的情況。

在泰國買春的日本人

來到泰國首都曼谷，我住在一條叫做帕蓬街（Patpong）的繁華街附近，專門做日本人生意的酒店裡，這是最能聽到人們真實聲音的地方。

到了晚上，我出門去了大家都會去玩樂的繁華街。

那條路上，面向日本人的店家鱗次櫛比，到處都是用日語寫的華麗霓虹燈招牌。當然，日本來的遊客也非常多。

我走進其中一家店，看到有大概三十個年輕女孩子穿著泳衣跳舞。

我問店員：「有會說日語的年輕孩子嗎？」就來了四、五個年輕女孩坐在沙發上。我問她們：「你們幾歲了？」她們異口同聲：「十八歲。」大家心知肚明，只要說是十八歲，就算在那種店上班也不犯法。但是那些女孩裡，有個孩子怎麼看都不像十八歲。

我問那個孩子，她回答我：「我在日本的松本工作過兩年。所以能說簡單的日語。」就算我相信她的話，她真是十八歲，這麼算來她在日本的時候肯定還是小孩子。在日本，未成年賣身是十分嚴重的事情。

從繁華街回到酒店時，已經是夜裡過了十一點。跟我們一同前來視察的報紙女記者，對聚集在大廳裡的日本人遊客進行了採訪。

「你來泰國幹什麼呀？」

「來玩的啊。」

「是來向女孩子買春的嗎？」

「啊，沒錯。但是我們不會去找小孩子哦。」

他們回答時的態度很平靜。女記者接著問，「是第一次來嗎？」一個年輕小伙子回答：「這是第二次。」甚至還有個中年男子一臉驕傲地說：「我來過四、五次了哦。」也有好幾組整個公司一起來的遊客團。

被賣身的女孩們，身心受到嚴重的打擊，需要接受心理治療。

那一年，入境泰國的日本人約有一百萬人。聽完上面的對話，我的心情很難受。這一百萬人之中，雖然可能只佔很少一部分，但仍然是有來買春的日本人。

阿卡族的女孩

我在泰國北部清萊附近，與緬甸交界的一個村子裡，見到了一個被買春的女孩子。

之前我問過「什麼樣的孩子會被騙賣春？」當地工作人員回答我：「最窮的山嶽民族。」於是我拜訪了那個村子。

山路非常的坑坑窪窪，連車子都通不過去，我們後面一段惟有步行前往，那個名叫阿卡族的山嶽民族的村子。周圍以前是被稱為「金三角」的世界最大的鴉片產地，村民們在大山斜坡上種植罌粟，販賣出去。當然如今不能製毒了，但斜坡上也無法種稻米。由於人口增加，大夥兒不夠吃，許多村民下山去打工，做以日薪計工資的活。可是阿卡族人不會說泰國話，很難找到工作，村子變得非常貧困。

我在那個村子裡遇到的女孩，十五歲時父母離了婚，沒多久就有中介人帶著錢上門來，說是預付金，並邀請女孩：「我這兒有個當女服務員的工作，我們一起去城裡吧。」女孩想幫母親減輕家裡負擔，於是跟他走了。沒想到，到城裡的第一天就被打了一頓，還被強姦，被迫賣身。女孩一句泰國話都不會說，連自己在哪裡都不知道，就一直被關在房間裡接客。就這樣過了一年半左右，她會說一點泰語了，就向客人求救。有個卡車司機看她可憐，帶她逃了出去，途中讓女孩下車。然後女孩就一直不停地走啊走，終於回到了村子裡。

無辜染病

回到村子的時候，發覺女孩已經得了愛滋病。那時她母親已經去世，村裡沒有人收留她，最後被趕出村子，無處可去，如今生活在 NGO 設立的孤兒院裡。

她已經處於發病狀態，卻因為藥費貴，吃不起藥，只好吃飯保持體力，拖延病情發展。但是年輕人患愛滋病，病情惡化得特別快，不知道還能活多久，感覺

17 歲的她患上愛滋病，太可憐，太不公平了。

以後就只能等死了。

這個女孩個子小小的，長得很可愛，性格溫和有禮貌，在別人面前有點害羞，一直低著頭。年紀輕輕十七歲，又沒有犯什麼錯，為什麼她要背負如此悲慘的命運呢？這次相遇，真是令我特別難受。

我想著和她聊點什麼高興的話題，就問她：「你有喜歡誰嗎？」她是這麼回答的：「我有單相思的人。但是像我這樣的人，沒資格喜歡別人。」

我聽完，一把抱住她安慰道：「沒事的，堅持下去說不定能治好，在某個地方一定會有人在思念著你，所以不要放棄。我就是其中一個哦。」女孩笑顏微展：「也是呢。」

到底是誰讓這麼可愛的女孩子賣身，買她的又是誰？一想到這些，一股怒火在我心中冒起，難受到透不過氣來。

從買春所來的少女們

那天晚上，在清萊的賓館裡，來了三個從買春所被帶出來的少女。我在賓館大堂看見她們，那股稚嫩幾乎令我心碎。這些女孩子被化了大濃妝，穿著凸顯身體曲線的緊身衣服，跟在大人後面走。看著那樣子，我感到難受又悲傷，躲在柱子後面一個人哭了起來。

過沒多久，我得以和少女們交流。我問：「你們多大了？」所有人都說自己十四歲。但從外表看上去，也就十一二歲的樣子。再接著問，她們中兩個人來自緬甸，一個泰國，三人都是被賣到這裡來的。

當我對她們說：「我是從日本來的哦。」其中一個女孩子說：「我第一個客人是個八十歲的日本人爺爺哦。」是不是真的八十歲我不能確定，也許那是小孩子眼裡的感覺。然而日本人大老遠跑來買春這個事實，令人不敢相信。另一個女孩也說：「我的常客裡也有日本人哥哥哦。」

這些在買春所裡被迫幹活的少女們，一天要接好幾個客人，基本上百分之百會得性病。據說，有些地區的受害少女中，四至五成感染了愛滋病。她們就算得了愛滋病也還是被迫繼續接客，直到發病為止。一旦發病不能幹活了，就被裝上卡車扔到深山老林中。這麼過分的事情，竟然發生在現實世界裡，簡直難以想像。

被拋棄的孩子

後來，我還去了深山裡的一座設施，那裡收留著得了愛滋病的孩子們。原本在那一帶地區，孩子就很容易被拐賣，所以設施會對女孩子進行教育，訓練她們不要被騙、被拐賣。然而最近，那個全住宿制的設施裡，越來越多的孩子被拋棄了。得了愛滋病的孩子，懷了孕的孩子，生下病嬰的孩子……她們接二連三被拋棄於此，設施負責人給我看了大概二百名孩子的照片。

他介紹說，「這些都是我們現在照顧著的孩子。因為涉及人權問題，我不能說給你聽他們的名字，但其中得了愛滋病的小孩非常多。這些孩子因為沒有出生證明，連是不是泰國人都無法確定，也可能是從緬甸、老撾那裡被賣過來的。人

每一位兒童，都有接受平等待遇的權利。

數這麼多，光靠我們自己籌集的捐款已經頂不住了。」

正好趕上放飯的時間，孩子們在室外的桌子上吃著泰式炒麵。我一湊近，大家就盯著我看，眼神像是在說：「這誰呀？」

「啊，肚子餓了，能不能也給我一點呀？」我按著肚子比劃著問他們，其中一個孩子把她的炒麵分了些給我。但是她特別怕生，一直看著旁邊，不正眼看我。桌上放著胡椒粉和醬油，我就問：「這炒麵怎麼吃啊？」那孩子教我：「稍微澆點醬油，撒點胡椒粉就可以吃了哦。」我回答：「好的，明白了。」然後把所有胡椒粉都撒在了麵裡。這時候孩子們一下子圍了上來，想要阻止我：「那麼撒不行的，不可以哦。」我表現出毫不介意的樣子，醬油也是一股腦倒下去，然後吃了一大口：「哇，辣死了。」引得大家哄堂大笑，好不熱鬧。這下，我和孩子們的關係變得非常近了。

但是，其中有個得了愛滋病的孩子已經發病了。買春的惡習造成了這麼多的受害者，即便如此，這些現實卻被隱藏在深山之中。我的心情變得很複雜，這樣下去真的沒關係嗎？

和我一起吃炒麵的小男孩，也是被拐賣的受害者。

沒有出生證明的孩子

而且，在那座設施裡，基本上都是被救助起來的孩子。不為人知地被丟到山裡孤獨死去的孩子，因愛滋病等疾病死亡的孩子，更是多到數不過來。在我訪問泰國的那一年，光是在亞洲地區，十八歲以下的孩子，每年就有超過一百萬人淪為買春犧牲品。最容易成為目標的，是那些沒有出生證明的孩子。

全世界這樣的孩子非常多，有的國家，甚至有一半的兒童沒有出生證明。這些孩子沒有戶籍，姓名、住址都沒登記，等於在人口記錄上是不存在的。他們無論在哪裡碰到多可怕的遭遇，都投訴無門；就算被帶到任何地方，死了也好，被埋了也好，都無法追查下落。這些弱小的孩子們，一直是不法分子的目標。

為了不讓這些孩子成為犧牲品，泰國政府和 NGO 人員都在努力開展救助活動，但是現實卻是，那些活動卻追不上現實的嚴重程度。

CHAPTER 3.2

菲律賓：數之不盡的街童

菲律賓共和國

立國年份	1898
國土面積	299,764km²
人口	2018 | 1.05 億
產業結構	輕工業 | 電子產品、服裝
GDP（百萬美元）	2017 | 313,419
識字率	2015 | 96.3%
人類發展指數	2016 | 0.682
平均壽命	2015 | 61.1
5 歲以下兒童死亡數（每千名）	2016 | 27

機場外的防護欄

一九八九年，我來到了菲律賓，參加一項援助活動，呼籲給貧民窟的孩子們注射疫苗。疫苗注射由 UNICEF 提供，但也需要實際在現場進行注射的人。我這次其中一個目的，也是去支援開展此活動的 NGO 成員們。

一出機場，映入眼簾的，是目力所及大量的街童。機場出入口設置了防護欄，閒雜人等不能入內。防護欄後面的人成群結隊，瞄準外國遊客或者從外國回來的人，幫他們提行李、賣賣小東西之類的，多少掙點小錢。

所以無論大人小孩，都拚命爬上防護欄形成的圍牆，想辦法進來。機場保安一看到，就會毫不留情驅趕他們。但是不一會兒，這些流浪者又會越過柵欄，趁保安不備，潛入機場裡面，就這樣無休止的你追我趕。竟然有這麼多的街童，令我非常吃驚。

距此行十多年前，還是馬科斯執政時，我也來過菲律賓，那時的情況完全不一樣。地方上的人們不可以自由進出城市，到處頒了戒嚴令，人們一直在權威下生活著。所以，別說機場了，哪裡都像觀光景點一樣乾乾淨淨。而這次來菲律賓，正值阿基諾夫人掌權，人們開始有了一點自由。大量生活貧苦的農村人來到城市，街上一片混亂，到處都有流落街頭的小孩，也出現了非常多的貧民窟。這情況我事前也有聽聞，可是萬萬沒想到，一下飛機，迎接我的便是街童。

往馬尼拉市的途中，也能看到到處是小孩子。每次只要車停下來，他們就會一湧而上，想要賣花、賣報紙，或是給車子擦窗，或者只是來要錢。真的哪裡都是孩子的身影。

堆填區的貧民窟

我們要前往的，是馬尼拉市角落一個叫「斯莫基山」（Smokey Mountain）的地方。

車快到目的地的時候，就聞到一股惡臭。這裡是個巨型垃圾堆填區，收集了城市各處的垃圾。堆填區哪個國家都一樣，為什麼馬尼拉的這個「斯莫基山」變得這麼有名呢？是因為這裡有東南亞最大的貧民窟。在堆填區上面建了小屋居住的人，據說當時就超過五萬。

我爬上了這座垃圾山。每踏一步，兩腳就會陷進黑色的垃圾中，酸腐的臭水滲入鞋子。好不容易爬上了山頂，眼前到處林立著小屋子，範圍大得像一個村落。

像這樣強行在垃圾堆上建屋子，下面當然垃圾遍地，窗外的景色也全都是垃圾。而且，正如斯莫基山——英語直譯「冒煙的山」這名字一樣，堆在這裡的垃圾多到會自然著火，冒出的煙和臭味令人無法呼吸。環境太惡劣了。這個貧民窟之大，以及眼前令人難以置信的光景，加上惡臭和無數蒼蠅，讓我差一點要吐了。

這裡的人，有以貧民窟為據點到外面找活幹的，也有從垃圾堆裡尋找值錢東西去賣來維持生計的。只要垃圾車一開進來，好幾十人的大隊伍就一窩蜂追在車子後面。但是，收破爛也是講順序的。

裝得滿滿的卡車將垃圾一傾而下後，首先是背著大背簍的年輕人爬上垃圾車，用形似長叉的工具，撿取刀、勺子等最值錢的東西。他們的手腳非常快，最「好」的垃圾基本上都進他們手裡了。等他們退下來之後，接著由上了些年紀的人還有女人來翻弄剩下的垃圾。最後老人和孩子再找一輪，連小釘子也不放過，一直撿到最最後沒有東西可撿。一整天，這樣一個迴圈要重複幾十次。即便一家出動撿破爛，仍然不能確定一天夠不夠吃，他們就是過著這樣日復一日的生活。但不管怎樣，這裡就是他們工作、生活的地方。

「就剩下等死了」

我走進一間屋子詢問當地居民。這個家庭有一對夫婦，還有親戚、朋友、孩子也很多。十分局促的屋子裡，住著十幾個人。

那對夫婦看上去六十歲左右，但其實才四十多歲。辛苦工作卻吃不飽，所以

堆填區中有無數小孩，每天都在垃圾堆中尋找可以賣的東西。

顯老了。

妻子一直在咳嗽，很難受的樣子，原來得了肺結核。我對她說：「你這樣不去醫院不行啊。病情會一直惡化下去，還會傳染給孩子們。」但她只是無力地笑笑：「像我們這麼窮的人，就剩下等死了。」

聽工作人員介紹，居住在斯莫基山的人，五至七成都患上了肺結核。一般要治癒的話，一個月得服用大概港幣三百元的藥，持續吃六個月才行。但這裡的人可付不起。對於每天只能掙到八十比索（約合五十港元）的他們來說，這筆錢根本就是個天文數字。就算知道自己得病了，也只能等死而已。

垃圾山上的人們

我在他們撿垃圾的地方轉了轉，這時來了個女孩子，看上去大概十三四歲吧。她戴著帽子，穿著左右不同的長靴，在這裡過著獨自一人撿垃圾的生活。「我父母生病死了。因為不想投靠親戚，所以就在這裡一個人生活。」

從早到晚在垃圾堆中工作，為了謀生，沒法上學。

「你有去學校上學嗎？」

「沒有，沒去。」

這孩子非常可愛，看上去很單純。我當時竭力勸說她：「感覺這裡會有不少壞人，你還是和其他人一起住比較好啊。或者去親戚那裡吧。」

住在垃圾山上的人，形形色色。有人說，「我在馬尼拉的酒吧工作。」也有女孩子說，「我以前有個美國男朋友呢。」還能看到有男人在彈吉他唱歌。馬尼拉的失業率非常高，因為大家都沒有工作，時間無處打發。這是很要命的，失業會積蓄不滿、急躁的情緒，奪去人的尊嚴，孩子也會走上歧途，導致惡性循環。

在來這裡之前，我一直以為街童就是沒有依靠的孩子。但隨著採訪的深入，發現原來有家庭的孩子也很多。只是大人都失業，所以全家出動分散各處找工作去了。原先在地方上受僱於大地主沒日沒夜幹活的人，忍受不了來到了城市，可結果還是沒找到工作，無法維持生活。可他們又不想回老家，就想待在城市裡。正是由於這個原因，才會產生大規模的街童現象。

海邊的貧民窟少年

我們遇到了一個少年，住在海邊的貧民窟裡。他大概十一二歲，和母親、兩個弟弟四人一起生活。父親離家出走，不知去向。母親雖然很努力找工作但一直找不到，可又不想賣身，於是這個少年就成了家裡的頂樑柱，出來工作了。

一到晚上，少年便外出幹活。夜晚的碼頭是他的工作場所。因為馬尼拉很熱，一般都是晚上把漁獲從漁船卸到岸上，所以少年和他的小夥伴在碼頭邊，一起撿拾被丟棄的魚拿去賣。比起撿垃圾，這個活更好賺。他以此養活了家裡人，還負擔了自己和其中一個弟弟上學的學費。

每天他從學校放學回來，小睡一下，到晚上七點左右出發去碼頭，然後一直工作到第二天早上回家，吃完早飯再去學校。生活如此循環往復，太厲害了。我問他：「你不會覺得睏嗎？」他笑著回答：「我在哪裡都能打盹，沒事的。」

少年的母親一臉擔憂地向我們訴苦：「雖然有工作是好，但是去碼頭那種地方，誘惑太多了。八、九歲的孩子就開始吸煙，甚至有人會引誘他們吸毒。我只能每天向神明祈禱，讓兒子千萬不要走歪路。」

和這位母親聊了不少後，她問我：「要不要吃飯？」我說：「不用了，沒關係，但能讓我看看你們怎麼吃飯的嗎？」於是她開始做飯。廚房裡只有裝在一個小咖啡罐裡的米，最多也就夠一頓飯。如果我吃了的話，他們就得再買了。

眼前所見如此艱苦的生活，把我震撼到了。即便如此，母親仍然堅持要讓孩子們堂堂正正地活著，不希望他們受到外界不好的誘惑。這樣的家庭，我覺得真的很了不起。

在自由島上

在一個叫做「自由島」（Freedom Island）的地方，我遇到了一對從地方來城裡的年輕夫婦。那時候政府正在推廣「美麗馬尼拉」（Beautiful Manila）的活動，馬尼拉市裡流落街頭的人全都被趕到這座不遠的小島上。也有人是被強行帶到那裡的。就算想回城市，也沒有乘船的錢，想找工作也不行。這些無家可歸的人為

貧窮問題對兒童來說是殘酷的現象

此非常困擾。

那對年輕夫婦則是靠丈夫撿貝殼去賣以維持生活。最大的問題是妻子懷孕了，馬上就要臨盆，卻沒錢生。

「去醫院的船費好不容易湊齊了，但是……」妻子一副不安的樣子，「去醫院看病是免費，但是住院的話就得付錢了。如果還要麻醉那就更貴了，我們是付不起那麼大筆錢的。找接生婆的話，更是一大筆費用……」

那筆錢是多少呢？在我們看來，大概也就港幣一二百元吧。我自己也懷過孕，所以當時想都沒多想，就把身上的錢給了她：「這些給孩子用吧。」本來，不能給別人錢是活動的鐵則，但我實在無法坐視不管。

晚上站街的少女們

最令我感到痛心的，是晚上街頭的景象。之前一直有聽說許多人來這裡找小孩買春，於是我們帶著隱藏攝錄機進行暗訪。

我們躲在建築物後面，看到街上有很多八至十二歲左右的小女孩，化著妝，正在招攬客人。當我們叫她們「過來，過來一下」的時候，其中一個孩子發現了我們，慌慌張張地說：「我不是妓女，我不是妓女。我是乞丐，是乞丐。」由於法律上禁止賣淫，一旦被抓到就會被當場帶走。

雖然畫著濃妝，但她的臉龐依舊稚氣未脫。我一把抱住她，安慰說：「沒關係，沒關係。我不是警察，沒事的哦。」她們實在太可憐了，我忍不住哭了出來。女孩一看我這樣，擔心地盯著我的臉說：「阿姨你沒事吧？迷路了嗎？賓館在哪裡呀？要不我帶你去吧。」

這麼溫柔的好孩子，真的有人下得了手嗎？背後是誰在操控她們？一想到這些，我的眼淚就止都止不住。

買春旅行團

在一條繁華街的餐廳，外國遊客特別多，也有許多是從日本和德國來的。仔細一看，這些團體的落座方式總覺得哪裡怪怪的——一男一女錯開著坐，而且女的全部是當地人。現場的工作人員小聲對我說：「他們要去約會了哦。」原來，這是個「買春旅行團」。

我很納悶，來參加的到底是什麼人？但一望過去，也就是普通上班族的樣子，真的讓我吃了一驚。裡面有隨處可見的大叔，還有二三十歲的年輕人。

關於買春問題，政府也好，各國援助團體也好，都在努力採取措施。最大的客源是澳大利亞人和日本人。而且自從發生了愛滋病傳染問題，這些嫖客開始去找小孩子買春。因此，地方上來的少男少女們很多都跑來城市裡賣身。即使一直受到國際社會的批評，外國人依然來參加買春旅遊團，這樣的心理我實在不能理解。說老實話，我羞愧得無地自容。

擦掉過去的橡皮

在這些女孩子中，特別令我忘不了的，是二零零一年我再去菲律賓視察的時候，在馬尼拉街頭遇上的一名十六歲少女，名叫馬賽爾。

馬賽爾十三歲時從家裡逃了出來，原因是母親對她施暴。她十一歲時腿骨骨折，家裡人卻沒帶她去醫院，因此現在拖著一條腿走路。

「我要是肚子餓了，就給別人賣身咯，日本人、當地人都行。」馬賽爾坐在夕陽西照下的海濱邊，聊著關於自己的事。

「到現在我懷孕過兩次，兩次都是自己打的胎。雖然懷了兩次，但其實有三個孩子，第二次是雙胞胎。現在我最想要的東西是橡皮，好想要能把自己過去全部擦掉的橡皮啊。我想變回普通的孩子，但已經不行了吧。」

淚眼汪汪地訴說著的馬賽爾，看上去和隨處可見的普通女孩沒什麼兩樣，但卻染上了吸天拿水、喝酒的習慣，學校也只上到了小學二年級。

「沒事的，沒有什麼是解決不了的，回家吧。你已經長大了，媽媽不會打你了。我會和你媽媽談一談，一定沒事的。」我努力說服她，決定和她一起回家。

乘了三十分鐘左右的船，到了一個巨大的貧民窟。街上一直能聽到超大分貝

馬賽爾的遭遇，令我心痛流淚。

的音樂，我們七繞八拐走了一會兒，來到一座小屋。馬賽爾家裡有父母和八個兄弟姐妹，所有人如果不疊著睡，根本連睡覺的空間都沒有。

母親一看到馬賽爾，就手指著她，突然開始大聲呵斥起來。我把馬賽爾在外面異常艱苦的生活和想要回家的願望，努力地向這位母親解釋。在經過大約一小時的交談後，馬賽爾的父親對我說：「我再搭一個小屋，騰出些睡覺的地方吧。馬賽爾能回家真是太好了。」馬賽爾終於能回家生活了。

結束後，馬賽爾一直送我們到了碼頭。但是，到了船要開的時候，她突然抱住我不讓我走，哭個不停地說：「不要走，做我的媽媽吧！」我緊緊抱住了馬賽爾，在她耳邊輕聲安慰：「一定要珍惜自己哦。絕對不能再回街頭流浪了，也要答應我好好去上學。」馬賽爾聽完我的話，「嗯」的一聲做了回答。

然而我聽說，從那以後過了幾日，馬賽爾還是受不了母親的暴力相向，又回到了街頭的生活。街童的生活危機四伏。不僅會遇上吸毒、偷盜等犯罪的誘惑，還會被迫賣身，有時更會受傷甚至被殺害。他們睡覺就在路邊，地上連報紙都不攤一張，下雨了也找不到地方躲雨——我在馬尼拉看到好幾個這樣的小孩。

馬尼拉的富人們

馬尼拉是座大城市，有的人住在貧民窟，也有非常多的有錢人，只是財富僅僅集中在一部分人手上而已。富人只有很小一撮，大部分都是撿拾他們剩下的零碎來生活的窮人，社會貧富差距嚴重，待遇極不平等。

舉個例子，有的高級商店，如果你穿得不得體是不會讓你進去的，持槍的門衛會把你趕跑。一九八九年的時候我們也試著進去，一看價格就嚇了一跳。八十比索都買不了一小塊巧克力。這對於貧民窟的人來說，是得工作一整天才能掙到的錢，一家人就靠這點錢解決一日三餐。

天哪，窮人一邊只能看著這種有錢人的世界，一邊過著朝不保夕的生活，那到底是什麼樣的心情啊，一定比原本痛苦三倍以上。

於是，我們一行也去了富人區做採訪。用香港舉例的話，就是半山、淺水灣之類的高級住宅區，要進去的話，必須得有許可證。整片區域到處都設了門禁，有保安日夜看守。

我們獲得保安的允許進入了富人區，裡面林立著許多漂亮房子。

「哇，這幢房子好漂亮，是不是最有錢的？」

「沒有啦，裡面住的也就中等水準。」

「這個公寓好棒！」

「這是超市。」

當地嚮導對我們說：「接下來就要進入最最有錢的人住的地方咯。」進去一看，圍牆高到什麼都看不見。而且佔地面積太大，連住的房子在哪兒都搞不明白。參觀完出來，心情很是低落。我對當地工作人員說：「貧富差距太厲害了吧。你們國家這是最大的問題啊。」

「看上去是這樣嗎？」

「是啊。」

「但是放眼全球，你們國家才有錢呀。不也同樣做著築起高牆的事嗎？」我們面面相覷，不知該說什麼。經過這段對話，我更加沮喪了。也許確實如此，我們大概也做著同樣的事情……

出外打工的人們

目睹了街童及他們父母的實際狀態，我明白了為什麼那麼多菲律賓人會跑去國外打工。因為在自己國家是找不到工作的，沒有辦法。

日本不承認不依靠知識或特殊技能的外國人勞動者。所以在日本的大部分菲律賓人，女的做舞女，男的多是非法勞工。如此一來，對於外國人勞動者的印象變得不好，也是理所當然的。而在香港、新加坡，是認可體力勞動者的，所以香港很多家庭僱有菲傭。我如果是菲律賓女性的話，風俗工作就算能掙再多，我也不願意幹。

關於這個問題，我曾在電台節目裡說過這樣一段話：「很多菲律賓人信奉天

在馬尼拉的街頭，晚上可看到很多在路邊睡覺的街童。

主教，會找神父商量。我向一位神父問過，他說有的菲律賓女性因為不想做風俗女，想幹白天的工作，總去找他商量。但是，她們跟中介借下了幾百萬日元的錢，很多人因此無法脫身。」

一起參加那次節目的，還有個在日本外務省工作的人。在插播廣告的時候，他對我說：「你說的不對哦，美齡。她們都是想要掙錢才來幹這活的。來日本打工的人，都是自願做風俗行業的啊。」

聽他這麼一說，我不由自主提高嗓門反駁道：「不對不對，請你一定來香港看一看。很多人都沒有選擇幹這個，有的在醫院做清潔，有的做見習護士，或者做幫傭，幫人在家照看嬰兒、做家務等等。可能這些工作她們也不太想幹，但是都很努力。認為她們打心裡想進風俗行業的想法，是一種偏見。」

一位菲律賓新娘

去國外打工的女性，回到菲律賓，也和我們一樣是孩子的母親，或普通的年輕女孩。她們有戀人，想工作，也想照顧家裡人，和我們沒什麼分別。通過在菲律賓的採訪，我深深地覺得，絕不能歧視她們、帶有色眼鏡看她們。

如今，很多菲律賓人依然源源不斷地去香港、新加坡、中東等地打工，做家傭、行船等重體力勞動，寄錢回故鄉。如果不是那樣，留在菲律賓的家人根本無法過活。

這裡給大家講一件趣事。

有位日本男性與菲律賓女性結了婚。但是丈夫一直有個煩惱，他抱怨「妻子總是向我要錢，說是想寄給菲律賓娘家，一個月好幾萬日元呢。如果我不給，就說我不愛她。會不會，其實我這老婆不是因為喜歡我才和我結婚，只是為了錢？」而妻子所說的完全相反：「我想給老家寄錢，可丈夫他就是不肯。要是這樣的話，我們只能離婚了。跟他分開，我自己掙錢寄回去。他根本不愛我，因為如果他愛我的話，應該連我的家人也愛啊。」兩個人的想法大相徑庭。

可能聽上去，會以為這位菲律賓女性是看上日本丈夫的錢吧，但其實她是有苦衷的。她不能只管自己一個人吃飽，卻讓故鄉的家人空著肚子。可以的話，她也想把父母接來日本，更想供兄弟姊妹上學。若三五萬日元就能救到因饑餓、結核病只差等死的人，當然要拚命。這麼想來，她覺得「不給我錢就等於不重視我家人」也有道理。

貧窮的背後是什麼

菲律賓最需要的，是通過土地改革讓農民擁有自己的土地。另外，要吸收外國投資，活化經濟，增加人民就業。

如果你問那些流浪的人「為什麼不回家鄉？」他們一定會回答你：「因為回去也沒事做啊。」他們在鄉下沒有土地，代代為地主耕種甘蔗田，一輩子就只能種甘蔗，而且基本上沒有現金收入，和奴隸別無二致。

他們清一色這樣說：「回去也沒希望。沒有房子，也沒土地。不想讓自己的孩子過這樣的生活，即使死也不想回去。這樣至少能給孩子們的未來一點希望。」

孩子們眼睛明亮，笑聲甜美，絕不能讓貧窮把他們的未來摧殘。

學校是免費的。雖然依然有很多問題，比如買不起穿的衣服、要用的書本鉛筆、鞋子等等，但是教會會送給他們，因此能上學的小孩子還挺多的。有的孩子即便晚上要去賣身，早上依然準時去上學。

所以在馬尼拉，讀完書的人有不少，擁有護士資格等各種證書的人也很多。但是，他們找不到工作。我們一般會認為，只要受過教育就能找到工作，但在馬尼拉卻不是這樣。因為國家沒有經濟基礎，結果還是不行。菲律賓的悲劇，正在於此。

家人的連繫

有許多人正在奮鬥，想要多多少少改變菲律賓的悲慘生活。各國志願者團體竭力支援當地的疫苗注射活動和糧食供應。在菲律賓，教會的力量非常大，大概宗教是一種救贖。無論多麼貧窮，生活多麼辛苦，神明也一定會守護你。只要做個好人，就能得到拯救。就算活著的時候不行，死了之後也能上天堂。也許正是因為菲律賓的人們如此相信，他們的表情才能保持明亮吧。

貧富差距再大，人也必須活下去。無論多窮，家庭的愛、親子的愛、人類的愛都不會改變。為了家人、父母、孩子，人們的愛強烈到甚至不惜犧牲自我。在菲律賓的見聞，也讓我認識到了家人之間的連繫，原來可以那麼緊密。

CHAPTER 3.3

摩爾多瓦：人口販賣

摩爾多瓦共和國

立國年份	1991
國土面積	33,800km^2
人口	2018 | 406 萬
產業結構	農牧業 | 葡萄、食糖
GDP（百萬美元）	2017 | 7,945
識字率	2015 | 99.4%
人類發展指數	2016 | 0.699
平均壽命	2015 | 64.8
5 歲以下兒童死亡數（每千名）	2016 | 16

最貧窮的國家

人口買賣的問題不僅發生在亞洲，歐洲國家也有。歐洲國家中買賣兒童最嚴重的，是摩爾多瓦共和國。於是，我在二零零四年去了一趟摩爾多瓦，在那之前，我連這個國家在哪裡都不知道。

摩爾多瓦是個毗鄰羅馬尼亞的小國家，一九九一年從前蘇聯中獨立出來，國土面積約有三十個香港大。

前蘇聯時代，摩爾多瓦盛產葡萄酒、巧克力、水果等，是個美麗又富饒的地方，被譽為「蘇聯的瑞士」。當地人民提交自己的生產，然後從國家那裡配給食物，接受教育，享受醫療、供電、暖氣等生活必需。然而自從前蘇聯解體後，這一機制崩潰，不管什麼東西都必須出錢買。失業人口增加，百姓生活不濟，去羅馬尼亞、土耳其、俄羅斯等地打工的人越來越多。如此一來，摩爾多瓦未能趕上市場經濟的形勢，淪為歐洲最窮的國家。

瘸腿的納塔莉亞

納塔莉亞的四肢有些缺陷，拖著一條腿走路。摩爾多瓦的景色非常美，村莊乍一看一點也不窮的樣子。但是，納塔莉亞的家是用泥土和稻草造的，在裡面會感到陣陣寒意。

一家五口人，大衣只有一件。家裡一個人要出門的話，其他人就出不了。暖氣設備就只有一個小小的火爐，所以非常冷。拜訪他們那天，家裡伙食三餐都是馬鈴薯和番茄湯。

納塔莉亞十三歲的時候，和母親、弟弟一起去首都基希涅夫買東西。在等去上廁所的媽媽時，一個陌生叔叔對納塔莉亞說：「你身體有點殘疾吧，這其實是個優勢，可以到外國去打工，你跟我走，這樣能幫忙家裡哦。」

在納塔莉亞家前談她受害的體驗。雖然身體有缺陷，
但她是一個非常堅強的女孩。

然後又對納塔莉亞說：「我們坐巴士去吧。」結果坐上巴士，下車就到了波蘭。從那以後，納塔莉亞開始了這樣的生活：每天被迫在路邊行乞，討來的錢全都上交給監視她的人。就算被打，沒有飯吃，納塔莉亞也堅持了三年。後來終於忍無可忍逃到了警察那裡，但因為說不出出生證明，回到村裡的過程相當困難。幸運的是她母親也報了警，最後才能證實她的身份，把她接回家裡。

從沒在學校上過學的納塔莉亞，在UNICEF資助的學校裡開始上一年級。

光頭少女卡蒂亞

十七歲的卡蒂亞，頭髮只有兩釐米長，幾乎可以說是光頭了。

因為認識的一個阿姨介紹說：「我這裡有個銷售員的工作，很賺錢哦。」後來就去了俄羅斯。但是，每天她都被迫賣假寶石，還沒工資拿。只要對監視她的人有一點點的頂嘴，就會被棍棒毆打，還分不到飯吃。

有一天，她頂撞了幾句，被監視的人用空酒瓶砸了頭，奄奄一息。後來卡蒂

卡蒂亞說自己已經很幸運，能夠逃走回到家鄉。

亞終於被送進了醫院，在意識不清的狀態下，請求醫生的幫忙：「我是被關起來被迫幹活的，請放我逃走吧。」

雖然醫生幫卡蒂亞從後門逃出去了，但外頭是寒冬天，她身上也沒穿大衣，只好捂住被打破的頭，在森林裡走啊走，走了好幾天走到了車站。在那裡再請別人幫助，加上乞討，總算靠自己的力量回到了摩爾多瓦。她的光頭造型，就是因為當時要治療頭上的傷。

被迫賣春的琳莎

在摩爾多瓦首都基希涅夫，我遇上了琳莎，她有一個兩歲大的女兒。

有一天，琳莎和自己的母親吵架，想坐巴士離開，巴士司機對她說：「我可以幫妳離家出走，去莫斯科找生活。」她信任了這位陌生人，被帶到車站，交給另一個男人，誰知到了莫斯科當天就被數名男人強姦了。

之後，琳莎每天被迫賣春，直至有一天發現自己懷孕了，決心逃走，躲到在街上認識的一個女性朋友的家。琳莎知道，被那些人抓到的話，必死無疑，但有一天她下體大量出血，女友驚慌之下報了警。警察發現琳莎是摩爾多瓦出身，她的母親也在找她，才成功返國。

「我不能住在村裡，他們歧視我曾是妓女……」琳莎的故事很悲哀，但她說：「有些女孩受不了摧殘，跳樓自殺；也有朋友逃走後被抓回來打死了，我已經是幸運的一個。」

精神上的打擊

一直在摩爾多瓦開展活動的 UNICEF 工作人員來到日本參加研討會，和我聊了許多。

聽她說，曾被拐賣的女孩子「就算住進收容所裡，依然為酒精中毒和毒癮所困，光是恢復健康就很難了。而且精神上的打擊也很大，有的想要自殺，有的互毆訴諸暴力。」

「要讓她們重拾自尊，重新意識到自己是有價值的人，需要很長一段時間。有不少孩子完成了康復訓練，離開了收容所，後來又回來了。她們總感覺周圍的人一直在注視自己，驚恐不已。絕望到認為自己就是個廢物，酗酒，甚至去吸毒。有的女孩因為有了孩子，無法順利找到工作，又開始賣身，照顧不好嬰兒的也有很多。」

歐盟成員國之間，經濟和人員流動非常自由，一派興盛。有的國家經濟繁榮，但另一方面，還有些處在陰影中的國家，摩爾多瓦就是其中之一。如此巨大的貧富差距，導致孩子們被跨國買賣。即使之後能逃回來，他們所受到的肉體和精神上的傷害也是相當嚴重的。

跨國際的人口買賣

要是沒購買的人，買賣就不成立了，也就不會有人被當成商品。正是因為有那些喜歡買孩子、利用孩子取樂的人，孩子才會被商品化。那些買家中，有的人

天真無邪的孩子們，我們有責任保護他們。

以低廉的報酬使役孩子們幹活，有的人為了救自己的親生孩子去買其他小孩的器官，還有的人只是為了滿足自己的欲望。這些大人真是要不得。大家必須決心阻止類似悲劇發生，只要不再有人去買，拐賣者自然就會消失。

大部分人連摩爾多瓦在哪裡都不知道，但是並不表示我們與它毫無相干。世界上，有專門搜羅摩爾多瓦女孩子做「生意」的人。摩爾多瓦的國際犯罪組織一收到「訂單」，一個電話，就能把女孩子送到世界上任何地方。犯罪分子到村子裡去買孩子，然後賣到歐洲各國、俄羅斯、土耳其，甚至到日本。

據義工所說，那些犯罪組織的人似乎已經不打算辯護了：「毒品只能賣一次，孩子卻可以重複賣。那麼賺錢，就讓我們大賺一筆啊。」無論抓過多少次，哪裡能賺到錢，就有人做成生意，問題永遠得不到解決。只要有買家，犯罪分子就會用盡各種手段鑽漏洞。

制定相關法律

經過各方人士的努力推動，日本終於在一九九九年出臺了《兒童買春、兒童色情禁止法》，後於二零零五年通過了《人口買賣禁止法》。各國政府也正在相關方面積極採取行動。

但是，在國外買春的人，大多數都不會被捕。由於必須有受害的孩子做證人，所以要給他們定罪幾乎是不可能的。而且犯罪組織的手法越來越狡猾，加上屬於跨國犯罪，需要與國外警方通力配合。因此，這一問題現階段還沒有減少的跡象。

二零零五年在日本，UNICEF 和 ECPAT（國際終止童妓組織，End Child Prostitution in Asian Tourism）促請日本旅遊業協會與他們簽訂了一項協定：保證不參與介紹買春，尤其兒童買春，不與從事相關中介的當地人有業務往來。

在機場等地貼海報告示；在航空公司播放的片段裡，也放入了「兒童買春是犯罪行為，請不要參與」的內容。日本正在為減少買春和人口買賣的現象而積極努力。

摩爾多瓦的人口買賣問題，現時還未有改善。

絕不成為加害者

不管怎樣，我們絕對不能成為加害者。

有人狡辯說：「我是真金白銀花了錢的，有什麼錯？」這簡直不可理喻。如果真想做慈善，給別人捐錢就行。買其他人的身體，還說出「我給了錢的，有什麼關係」這樣的話，簡直就是偽善。

另外還涉及染病的問題。通過買春和孩子發生關係，很容易傳染疾病。我就見過許多染上愛滋病或性病的人，不僅自己染病，還會再傳給戀人、妻子和孩子。身為有責任心的人，是絕對不能幹這種事的。我們自己絕不能成為加害者，希望大家都要有這份強烈的信念。

CHAPTER 3.4

賴索托：蔓延全國的愛滋病

賴索托王國

立國年份	1966
國土面積	30,344km²
人口	2018 | 221 萬
產業結構	輕工業 | 服裝、食品加工
GDP（百萬美元）	2017 | 2,721
識字率	2015 | 79.4%
人類發展指數	2016 | 0.497
平均壽命	2015 | 46.6
5 歲以下兒童死亡數（每千名）	2016 | 94

得愛滋病的孩子

人們常認為愛滋病只是成人的問題，但是其實有很多孩子也受其牽連。全世界感染 HIV（人類免疫缺乏病毒）的孩子已接近三百萬人。每十五秒就有一名新感染者，每分鐘就有一人因愛滋病而死亡。

最大的致病原因之一，是母子感染，患愛滋病的母親在生產時傳給了孩子。其實只要採取正確的措施，感染率能控制在一成以下，但如果什麼都不做，出生的孩子每三人中就有一人會感染。

除此之外，世界上有一千五百萬名孩子的父母因愛滋病去世，有的成了單親家庭，父母雙亡的案例也有很多。

二零零六年四月，我去了愛滋病感染率排行世界第三的賴索托王國。

賴索托被南非共和國包圍，是個地處山巒之上的國家，國土面積大約為香港的二十七倍，標高最低處也有一千四百米，是由過去被流放到山上的少數民族建立起來的國家。

據統計，賴索托的愛滋病感染率，是每三至四人中就有一人。感染者死亡後，感染率就會下降一些，而新感染的人一增多，感染率又會上升。統計數字如此往復，上上下下。

九十年代賴索托約有二百二十萬人口，到我出訪的二零零六年已下降到一百八十萬。原本就人口稀少的國家，再減少了接近二成。

孤兒人數有十八萬，其中至少十萬人是愛滋病孤兒。在非洲，過去就算是父母雙亡的孩子，也很少會成為孤兒。因為他們是大家族制，即使父母死了，同一個村子的其他家庭也會幫忙照顧留下來的孩子，哪怕不是自己的血親。這是平常不過的事。

然而，惟有患愛滋病的孩子，誰都不願意接手照料，令賴索托的孤兒院越來越多。

探訪孤兒院

在首都馬塞盧的孤兒院裡，收留了從嬰兒到小學低年級不等的孩子。他們有的感染了愛滋病，但很黏人，非常可愛，有的孩子還會爬到我身上來。

出發之前，有朋友跟我說：「這回不要再抱孩子，親他們，和他們一起吃飯了哦。」

但是，這樣做並不會傳染上愛滋病。傳染途徑只有體液接觸，最多的情況是通過性行為或母子感染。

連朋友都抱有這樣的偏見，我已經做好了心理準備，賴索托本地的人肯定也是如此。所以，哪怕是為了消除人們的偏見也好，我決定要比之前接觸更多的孩子，更積極地和大家一起吃飯、玩耍。正因為如此，那次和孤兒院孩子們的交流，我感到格外開心。

患上愛滋病的婦女互相幫助，面對病魔的挑戰。

國外打工的七成男性

在賴索托的莫霍特隆，有一條偏遠的村子波瓦茨村，連外界的援助也難以觸及，我去了看那裡的孩子們。

到達那個村子，必須翻越好幾座三千米級別的高山。在來到賴索托以前，我見過不同非洲國家的景色，有埃塞俄比亞近似於沙漠般的危險地形，有南蘇丹一望無際的平原，有達爾富爾的荒漠一片。而賴索托這個國家的美麗山巒，任何地方都無法與之匹敵。

這麼漂亮的國家，為什麼會有那麼多人深陷愛滋病之苦呢？是因為國家沒有資源。光靠農業無法生存，於是賴索托人口近七成的男性都跑到鄰國的南非去打工。

雖然南非的HIV感染率不是最高，但卻是感染人數最多的國家。因為有買春的惡習，賴索托的男人肯定也是在那裡傳染上愛滋病的吧，然後回家傳給妻子，妻子再傳給孩子，通過這樣的形式傳播。

波瓦茨村的孤兒們

「我現在最擔心的是孤兒的問題。孤兒人數增多，他們被人拋棄，更被欺負和歧視。」波瓦茨村的女村長一臉愁容地對我說。

我問：「是因為愛滋病嗎？」女村長說：「我也不太清楚，是那個病吧。」她連「愛滋病」三個字都不願意放在嘴上說。

愛滋病是能夠破壞人體免疫力的病毒。即使只是腹瀉、肺炎等一點點小毛病，身體狀況就會突然惡化，過不了多久就會死亡。

「到底是什麼樣的病啊？」大家都非常不安。

「我的孩子也在兩週前死了。」

事實上，村長自己的孩子也死了，是在南非得病後回了家，在村裡死亡的。這個村子，人的死亡似乎已經是家常便飯。以前還會舉行隆重的傳統葬禮，但由於實在死了太多人，現在已經什麼都不弄了。

在賴索托，從二零零二年左右開始，終於開展了愛滋病的全民教育，傳播正

孤兒院裡也有愛滋病的患者

確的疾病知識。但是，即使這樣，依然有許多人認為愛滋病很容易傳染上而感到恐懼。

村長對我說：「今天你來了，我們要開個歡迎會。」然後便把孩子們召集起來。五十個左右的孩子，全是孤兒，這個人數令我吃了一驚。有的孩子是和別人一起住的。但是，絕大部分還是只和自己兄弟姐妹一起住。

一對孤兒姐弟

我去看了跟我玩得很開心的一對孤兒姐弟的家。姐姐十三歲，弟弟十歲，我不知道姐弟倆有沒有得愛滋病。

三年前，他們父母雙亡，成了孤兒。雖然還有個姐姐，但由於其他家人的反對，那個姐姐不肯收留他們，因此只有姐弟倆相依為命。

三年前的話，分別是十歲和七歲，我在想，他們到底是怎麼一路生活過來的呢。兩人住在父母留下的房子裡，為鄰居幫工換取食物，弟弟看牛，姐姐照顧孩子和打掃等等。

他們家房子雖然不漂亮，但每天都有打掃，非常整潔，牆邊擺著四個碟子、四個碗、四個杯子。我問：「這裡面有爸爸媽媽的份？」姐姐略顯落寞地低頭回答：「對。」

他們把牛糞收集起來，作為燃料生火，又把在野外摘來的葉子放在鍋裡煮，成了唯一的小菜，然後和煮熟的玉米一起吃。在一片漆黑中，我也和他們一起吃了飯。

吃完後，姐弟倆準備出門。我問：「你們去哪裡？」他們回答我：「幾年前有陌生男人突然來過我們家，太害怕了，所以去鄰居家睡地板。」只有孩子的家是很危險的，可能會被霸佔房子、被殺，女孩子甚至可能被強姦。

一走出房子，抬頭一望，漫天星星。我忍不住向星辰許願，祝福兩人今後能夠幸福。

相依為命的兩姊弟

回鄉等死的女性

那次，我還見到了一位愛滋病發病後回到村子的女性。

她已經坐不起來了，只能躺著，那時發病才只有三個月。她本來住在首都馬塞盧，丈夫去了南非打工，有一個十二歲的女兒。有一天，她突然開始腹瀉，食欲不振，不停咳嗽，不久後就連站都站不起來，也照顧不動女兒了。於是，她把女兒一個人留在馬塞盧，自己回到村子準備等死。

誰都不願意接受自己不久於人世，所以我盡量和她聊些開心的事情。她喜歡唱歌，我就給她唱了幾首。她雖然不住咳嗽，但也回唱了一首歌給我聽。

歌詞裡這樣唱道：「神啊，無論生病的人、有罪的人，您都會施予恩惠，都會給予救贖吧。」這首歌她反覆唱了好多遍。

在交流的過程中，我傾聽她的訴說，也聊聊關於自己的事，時不時緊緊擁抱她。她對我說：「如果現在時間能夠停止，和你在一起的話，我就很幸福了。」

她只是過著平凡的日子，卻無辜得了愛滋病，沒有任何心理準備，只能撇下孩子獨自死去。坐在回程的車裡，我的眼淚流個不停。

愛滋病檢查

UNICEF 為了讓更多的人能接受愛滋病檢查，對賴索托百多家診所的醫護人員進行了培訓。只要採少量的血液樣本，十至十五分鐘就能得出結果，是非常簡單的檢查。

我去了距離波瓦茨村最近的診所，那裡只有一名助手。

那天剛好是兒童檢查日，小小的診療所裡擠滿了人。住得遠的人，天還沒亮就要從家裡走來了。我讓工作人員給我看寫有檢查結果的記錄簿，如果檢查結果為陽性，會畫上紅色的加號，在某個檢查日，竟有過半以上滿滿的紅色，我不由得起了雞皮疙瘩。

如果結果為陽性，就必須定期來醫院領藥。但是在賴索托，許多人住得非常遠，領不到藥品。而且，雖然愛滋病藥品的價格已經調低不少，但對一般人來說，

和這位媽媽分別之前，她用英語說：「I love you.」我也擁抱她說：「I love you too.」我心碎了，太難受了。

依然無法負擔。

陽性的男孩

在賴索托僅有的四家大醫院的兒童病房裡，有一個被奶奶送進來的男孩。明明是七歲，看上去卻只有五歲，長得很瘦小，送來時已經昏過去沒有意識了。他奶奶對我說：「和五年前他父母死的時候是一樣的症狀。」

「那你知道得的是什麼病嗎？」

「不，我不知道。」

「是愛滋病呀。」

就算和她這樣解釋，她還是不清楚什麼是愛滋病。

具體是不是真的得了愛滋病，必須做檢查才行。但是，根據賴索托的法律，十八歲以下的孩子必須得到監護人的許可才能接受檢查。我們努力向奶奶解釋，才徵得同意。

檢查出來果然是陽性，我把從日本小朋友那裡拿到的千紙鶴放在了那孩子的病床前，滿心祈願，希望他能得救。可是，在我回日本一週後，從醫生發來的電子郵件中得知，那孩子最終去世了。

由於大家對愛滋病不了解，許多孩子在被送到醫院時已經太遲了。在二零零六年的賴索托，有服用藥物的愛滋病患者，成人超過一萬人，但孩子只有二百人，而且很多連檢查都沒做過。如果能早點接受檢查，盡早服藥，他們可能就不會死了。一想到這點，就悔恨不已。

十九歲的母親

聽說有位剛生完孩子的十九歲愛滋病母親，我去看望了她。由於事先做好了預防工作，幸好沒有傳給孩子。那位母親性格非常開朗，對我說：「我有在吃藥的，所以絕對能活很長時間。」

我問她：「你的夢想是什麼？」這時，她的眼裡彷彿煥發了光彩，回答我：

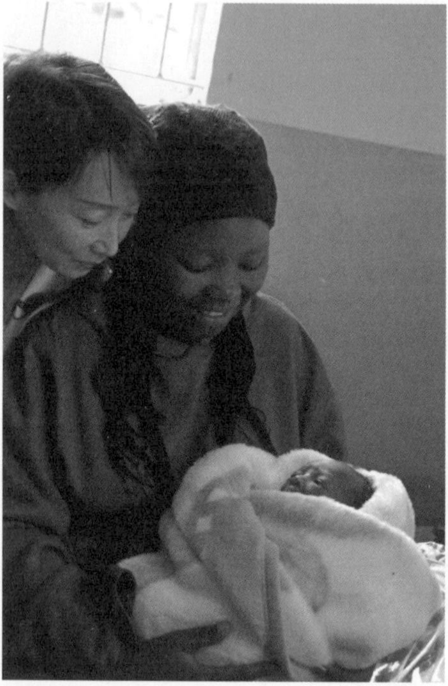

得到聯合國兒童基金會的幫助，這位愛滋病的 19 歲媽媽，生了一個非常健康的嬰兒。

「我想工作掙錢，建個房子，把孩子養育成人。」

這位母親的例子證明了，正確瞭解愛滋病知識，盡早接受檢查，孩子就不會被傳染上，做媽媽的也能積極地向前看。這令我切實感受到教育有多重要。

另外，我也見到了開展支援活動的人，他們也感染了HIV，呼籲大家一起撫養孩子，照顧病人，也付出了實際行動，例如給患者擦身子，按摩痛處，去醫院拿藥給患者們服用。

全球感染愛滋病的孩子，九成來自非洲，這是非洲不能不解決的問題。為此，教育和醫療體制的完善是頭等大事，同時消除周圍的人偏見、加深他們的理解也很重要。由於愛滋病患者必須一生服藥，如果發達國家停止援助的話，相當於切斷了許多非洲孩子的活路，因此我們的責任也很重大。真希望能集結所有人的智慧和力量，拯救肩負著非洲未來的孩子們的生命。

CHAPTER 3.5

印度：貧民窟與身份歧視

印度共和國

立國年份	1950
國土面積	3,287,263km²
人口	2018 | 13.48 億
產業結構	農業、重工業 | 稻米、採礦
GDP（百萬美元）	2017 | 2,611,012
識字率	2015 | 72.1%
人類發展指數	2016 | 0.624
平均壽命	2015 | 59.5
5 歲以下兒童死亡數（每千名）	2016 | 43

印度的艱苦任務

二零零七年六月，我作為 UNICEF 日本大使，到訪了印度孟買。

我的任務是去考察當地的貧富差距。UNICEF 每年都會將預算劃分到各個國家，用以幫助當地孩子，而當中用得最多預算的國家就是印度。二零零五年，全世界十八歲以下的孩子中，每五人就有一人，也就是四億二千萬是印度人。在印度，就是有那麼多的孩子出生。

印度的 IT 技術人員很多，GDP（國內生產總值）也比較高。所以我覺得不可思議，為什麼這樣的國家還要 UNICEF 幫助呢？當地孩子的教育和健康狀況應該變好了才是。然而現實卻表明，印度有四成以上的孩子營養不良，青春期女孩八成以上有貧血問題，也就是不怎麼吃得飽。

許多孩子吃不到飯，去不了學校，被迫當童工，這些事實基本上都沒有被報導出來。「實際情況是怎麼樣的？」我抱著這個疑問，去了貧民窟。

我所到訪的孟買，是印度最繁榮的商業城市。據說，即使在其他地方找不到工作，到孟買也一定能活下去。孟買也是印度電影業的中心，明星雲集，有「波里活」（Bollywood）之稱。

但是，那次孟買之行，成了一趟非常難受、非常感傷的任務。

住在孟買南部的都是有錢人，北部則到處都是貧民窟。貧民窟和一般街道之間有條分界線，到了那裡，三輪車的士和巴士都會停下來，能進入一般街道的只有汽車的士和穿著整潔的人。我所住的便宜賓館，就有專人在入口檢查出入者的服裝，禁止貧民窟的人進入。

在孟買時，我每天都會去探訪貧民窟。當時，孟買人口大約一千二百萬人，約七至八成住在貧民窟。

最開始到的一個貧民窟，沒有通水管，沒有廁所，大家都是在路邊或者水潭

貧民窟的居民，在十分不衞生的環境中生活。

解手，有一股強烈的惡臭。下過雨後，污水氾濫，蔓延到房子裡，導致孩子生病。不下雨時，天氣很熱，風又大，走在路上，垃圾滿天飛。還有烏鴉襲擊人，連野狗山羊都跑出來了，真的舉步為艱。

貧民窟的生活非常艱苦。有很多工廠召攬孩子們，讓他們到危險的工廠裡幹活，晚上集體在那裡睡覺，不能出外，也不能回家。孩子們無處訴苦，童工雖然是違法的，但是不幹活就沒有飯吃，所以大家都是睜一隻眼閉一隻眼。

從在那兒遇到的孩子們身上，清楚地反映了印度面臨的問題。

洗三輪車的差丹

戈里法貧民窟的差丹，十三歲。媽媽已經去世了，父親不知所終，他寄住在阿姨家裡。

不勞動就無法養活年幼的弟弟，他的工作是清洗三輪的士，每天早上拜託停在飲水處休息的司機說：「讓我幫你們洗車吧。」接近攝氏四十度的高溫下，差丹

差丹堅強勤奮，13 歲就擔起一家人的生活。

滿身大汗，洗著三輪車，技術非常拿手。僱用他是違法的，但如果不讓他幹，他就養不活家人，所以大家也讓他洗。

差丹想去上學，但因為沒有錢上不了。這時有其他上學的孩子經過，差丹默默忍受著嘲笑，只是一聲不吭地繼續擦車。

一天下來，好的時候大約能賺港幣幾元。回家後，打一點水洗下身體就小睡片刻。早上五點就要開始幹活，很睏。醒來以後，還要再幹其他的散工，養活全家。

我們向差丹的阿姨請求：「UNICEF會出錢資助的，讓他上學吧。」於是，他開始能上夜校了。在印度，像差丹這樣生活艱苦的孩子有很多，但都沒有在公開資料裡發表出來。

弱勢的女孩

印度的女孩子，十二三歲就會被嫁出去，是全世界最早婚的國家之一。她們在夫家以勞動換取供養，像個傭人一樣。但是，背後卻隱藏著家庭暴力和強姦等問題。

十四歲的布賈，母親忍受不了父親的暴力，帶著兩個弟弟離家出走了。布賈和剩下來的弟妹、父親和奶奶一起生活。她被迫退學，獨自一人承擔所有的家務和照顧孩子。

布賈也會被父親毆打，她給我看了身上的傷痕。我們一同出門購物，她做飯給我吃，兩人的關係變得非常好。她對我說：「我明天要離家出走，你絕對不要告訴別人哦。」說是要帶弟妹一起去找媽媽。

我勸她：「這麼是不行的啊。」但她卻堅持：「我再也忍不了。」可是，在印度，女兒是父親的財產，不可能逃得了。包括家庭暴力的問題，印度女孩的地位非常低。最後，布賈沒有離家出走。我們回到日本之後得悉，布賈找到了媽媽，帶著妹妹弟弟去投靠了。

在布賈居住的馬卡拉瓦．康旁德貧民窟，有非常多的女孩子，從她們那裡，我聽到了各自不同的遭遇：「被迫退學了」，「受到了性暴力」，「被強姦了」，

布賈為了做家務和照顧弟妹，無法上學，還時常被父親打罵。

「十二歲就被娘家嫁出去了」。

印度有八成的青春期女孩子患有貧血，她們如果太早懷孕的話，很容易生出體質弱的小孩。就算有食物，女孩都是最後一個分到的，吃都吃不飽。為此，UNICEF 把女孩們召集起來，每天給她們吃有營養的餅乾副食，作為補充。如果讓她們把食物帶回家，只會被家裡搶去，所以要當場讓她們吃完。還通過這樣的活動，對女孩們進行性教育、育兒教育和衛生教育。

印度的孩子，不光承受著經濟格差之苦，這個國家還殘留著身份、性別、宗教等根植於人心的偏見和歧視。布賈就是其中一名犧牲者。

流浪街頭的小乞丐

孟買的貧民窟，據稱是全世界最大的。但很多人甚至連貧民窟都進不去，只能淪為街頭流浪客。天色一暗下來，街上就出現了許多人。車站裡、高架路或大橋下、路邊等等，只要有一點點空的地方，都擠滿了人，晚上大家在那裡就地睡覺。我真的很驚訝，心想：「這麼多人到底從哪裡出來的？」

到了早上，一定會發現被蒼蠅盯上的屍體，沒有任何人來認領。我終於理解，德蘭修女的活動有多麼重要。早晨在路上走一圈，看到有奄奄一息的人就收留回來，幫他們安穩地度過生命最後一段時間；如果發現屍體，就埋葬起來。我之前一直在思考，為什麼她創立的收容所要叫做「垂死之家」，目睹眼前的這些人，我徹底明白了。

到了夜晚，好多小孩子也跑了出來，他們全是街童。

林克十二歲，可看上去最多八歲的模樣。他父母都死了，因為聽人說去孟買的清真寺就能討到吃的，於是離開農村，在火車上的廁所裡躲了三天，來到城市。他在清真寺裡和一個失明的爺爺成了好朋友，從此，他代替爺爺的眼睛，牽著手，過著上街乞討的日子。

另外，我還見到了麻風病的青年和跛腳的中年人，他們四人一同生活。簡直就像電視劇一樣。他們各有分工，用布遮住臉的麻風病青年到處奔走，尋找適合

林克和他的夥伴們，四個人互助互愛，一起生活。

乞討的地方；林克拖著失明的爺爺，跛腳的中年人放聲乞討。四個人齊心協力，但即使整天行乞，也吃不上一口飽飯。

街童很容易捲入毒品、暴力、人口買賣等犯罪中，林克能和爺爺相遇，實屬幸運。我問他：「你長大後想做什麼？」他回答我：「我的朋友和我都沒有鞋穿，以後我想開家鞋店。」由於那天下了雨，我和四人在步道上等待雨停。我偷偷買了一點吃的，交給了林克，因為我知道他們那一天都沒有收入。

營養失衡的孩子們

二十八歲的坎佈雷，和妻子及兩個孩子，住在約三米大小的塑膠帳篷裡。一歲的孩子僅重一公斤，三歲的孩子九公斤，都還不會說話。由於營養極度失衡，兩個孩子都很輕，和平均體重相比差很遠。

坎佈雷的種姓是最低的，因此很難找到工作，只能去做掃垃圾、清理下水道等散工。有工作的日子，一家人還有一頓飯吃；沒工作的話，那一天就什麼都沒有了。

父母外出工作後，在超過攝氏五十度的帳篷裡，就只剩下孩子們。我們發現他們一家的那一天，三歲的孩子不停地哭，一歲的孩子已瀕臨死亡邊緣，我們立刻把他們送進了醫院。

坎佈雷對我說：「我是小時候跟著父親來到孟買的，長大了也一直過著這麼窮的生活。無論我怎麼努力，也不能給孩子吃飽飯。像我們這種種姓的人，哪還有什麼夢想？」

我問他：「那你至今最美好的回憶是什麼？」他對我說：「一點都沒有啊。死了算了，這日子太慘了。」他的妻子在一旁哭泣。在他們住處附近，就生活著非常富裕的人，可坎佈雷一家就連一點點零頭都分不到，自己的孩子在生死線上掙扎，也無能為力，所以活著對他們來說真的很痛苦。而坎佈雷一家，絕不是一個特例。

印度的問題，在於因為制度而不能逆轉的貧富差距。貧富有機會流動，才稱

受到身份歧視，生活在路邊的年輕媽媽，沒辦法給孩子們正常生活。

得上一個健全的社會。一開始就判決了你注定 代代貧困，你一直處於中層，你則永遠是有錢人，這樣的固化狀態是最不幸的。沒有平等的機會讓人翻身，是最大的問題。現在的印度，種姓制度名義上已經不存在了，但在現實中，為什麼男女雙方不是同一個種姓就不能結婚呢？這證明歧視依然存在。

另一方面，有錢人的生活同樣超乎想像。我在孟買的時候，偶然看到一則新聞，有人建了一幢五十層的樓房，竟只為了一家三口，停車場佔三層，妻子和孩子各分到五層居住。

日本和印度在經濟上有著重要的貿易關係，但是，日本企業做生意的對象只有約兩成的印度有錢人，住在貧民窟的人們已被遺忘。我和大概五十位日本企業的相關人士聊過，其中去過貧民窟的僅有一人。

城市裡的大部分貧困階層都沒有土地。沒有錢就會餓肚子，因此女性不惜出賣身體，孩子也被賣掉。男性則是去賣血、賣器官，聽說死了以後連骨頭也能賣。

印度政府說，國家已經取消了種姓制度，然而，實際上仍殘留有根深蒂固的

印度社會貧富懸殊，小孩子是最大的犧牲者。

問題，社會上層的人就像處理垃圾一樣對待下層的人。我們不能忘記世界上還有這樣的社會，為了印度孩子們的將來，我們絕不能漠視被隱藏起來的問題。

CHAPTER 3.6

尼泊爾：失去光明的孩子

尼泊爾聯邦民主共和國

立國年份	2008
國土面積	147,181km²
人口	2016 | 2,898 萬
產業結構	農業 | 稻米、玉米
GDP（百萬美元）	2017 | 24,472
識字率	2015 | 64.7%
人類發展指數	2016 | 0.558
平均壽命	2015 | 61.1
5 歲以下兒童死亡數（每千名）	2016 | 35

眼疾治療營

我在一九九一年春天，到訪了尼泊爾這座叫做比爾甘傑（Birgunj）的城市。

比爾甘傑是尼泊爾僅次於首都加德滿都的第二大城市，由於與印度接壤，是一個非常熱鬧的物資中轉地。尼泊爾的生活水準比印度更低，三分之一的國家預算仰仗國外捐助，當年佔最大比例的，是日本的政府開發援助。即便如此，日本的援助金額也並不是什麼龐大的數字，向其他國家的捐助金額更多。由此可知，尼泊爾的預算實際少得可憐。

我們此行的目的，是探訪 NGO 進行眼科醫療活動的，位於比爾甘傑的眼疾治療營（Eye Camp），支援在那裡工作的醫生。在比爾甘傑，患眼疾的人很多，和美國相比，視障人士的數目有十六倍之多。而致病的一大原因，在於不衛生的生活環境，還有就是赤貧導致的營養不良。

大部分人都吃不飽，維生素A和蛋白質攝取量嚴重不足，導致眼角膜溶解，眼珠外露。到了這個地步，就無法再挽回了。這種情況多發生在孩子身上，大人則是因為營養不足，三四十歲就患上白內障，許多人都失明了。

我們為了採訪眼疾治療營以及人們的生活狀況，首先來到喜馬拉雅山脈登山據點的加德滿都。然後爬了八小時沒有整修過的山路，整個路途就像坐過山車一樣，有無數的上下坡要翻越。車子一路顛簸，向比爾甘傑行駛。

瘧疾蚊子的「歡迎」

到達比爾甘傑，首先映入眼簾的，是到處飛揚的塵土，令我們很是驚訝。這裡有個大型製糖工廠，前面堆著一片小山丘般的棒狀泥堆。當地人解釋說：「那是牛糞啦。用稻草作內芯堆在那裡，提供給工廠作燃料。」只要有一點點風，乾了的牛糞和稻草屑就會飛起來。我想，這樣眼睛不壞才怪。

「比爾甘傑的特產，就是瞎子和瘧疾。」當地人半開玩笑地告訴我。聽了這話，我心想衛生狀況真的是非常差吧，所以傳染瘧疾的蚊子才那麼多。

好不容易到了賓館，接待人員讓我們在大廳稍等片刻，於是我走向旁邊一張黑色沙發，準備坐上去。就在這時，一縷黑煙一樣的東西輕飄飄地揚了起來。是一整群的蚊子。剛開始以為沙發是黑色的，可原來是茶色，只是因為停在沙發上的蚊子太多，一眼看過去以為是黑色。我去過許多國家，已經不怎麼怕什麼蒼蠅蚊子了。但是，當時還是被這一幕嚇到尖叫著跳了起來。雖然出發前已經服用了抗瘧疾的藥，但仍然很可怕。

房間裡有電風扇和淋浴，還有蚊香。剛開始還覺得慶幸，但當我打開浴室門一看，牆壁上一片烏黑。嚇得我趕緊把門關上，點著蚊香，過了很長時間才再嘗試輕輕地開門。只見很多黑色的小東西掉在地上，於是我把這些蚊子屍體全都用水沖走了，那個數量簡直驚人。不過和之後看到的比起來，這還只是小兒科而已。

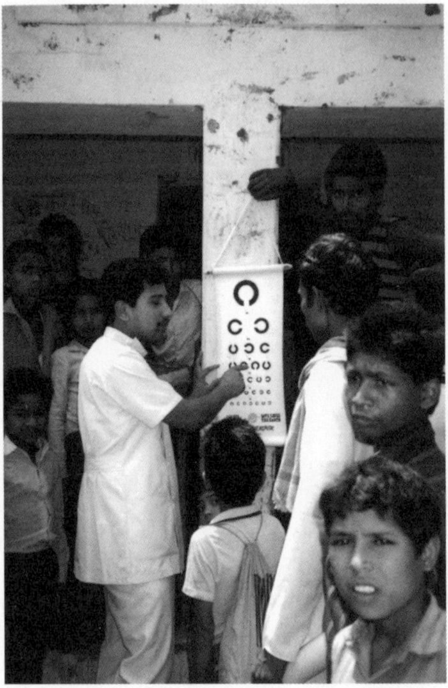

醫生到學校為同學們做眼睛檢查

不能碰的人們

第二天，我們去了比爾甘傑郊外的一個村子。這時我才知道，之前所見到的生活，包括那賓館和蚊子，簡直和天堂一樣。

我去了一個四歲小孩的家裡，那孩子的角膜已經溶解了。家庭成員還有年輕的母親和兩歲左右的小女孩。母親手裡抱著兒子，他的一隻眼睛溶解得沒了，另一隻也嚴重凹陷，雙目失明。他到底平時吃什麼，才會嚴重到這個程度呢？我問那孩子：「你們家放大米的地方在哪裡呀？給我看看吧。」「在這兒。」他指給我看一個地方，可那裡什麼都沒有。我又問：「今天吃了什麼？」得到的回答是：「早上是不吃的，所以還沒有。」

說是馬上要吃午飯了，我就表示想看一下他們的餐桌光景。一抓飯，一大勺咖喱汁，餘下就只有水。這樣難怪會營養不良，能活下來才是不可思議。他們就這樣一天只吃兩頓。即使有早飯，也不過是奶茶般的東西罷了。但即便如此，那也是最好的蛋白質來源。我問當地相關協調人：「為什麼他們吃那麼少？」他回答：「因為這些人的種姓級別是最低的，是『untouchable』（不能碰的人）。」

種姓制度，見於信奉印度教的社會中，是極端封閉的身份制度。當然現在尼泊爾已有法律明令禁止，可是，種姓制度在比爾甘傑卻根深柢固地殘留了下來。

沒有土地的低種姓家庭，只能做周圍人不要的工作，甘心過著卑微的生活。不然的話，下次投胎會更慘，甚至無法為人。因為這種觀念，令他們接受當下自己的低賤身份。

多麼愚蠢的想法。這就是絕對貧困嗎？簡直難以置信。如果是由於旱災、戰爭、貧富差距導致的貧困，隨著時代更迭、時勢變化，還是有翻身的機會。但是，像這樣被判定的話，一輩子都無法抬頭。終生在貧窮中度日，到死都吃不飽飯，而且這對你來說是幸福，因為下一輩子會因此變得更好。他們被這麼一說，還可以有什麼救贖？

我一邊拿著水瓶，邀請小男孩：「我們一起去打水吧。」又往家裡的容器看，問他「這裡面裝了什麼？」每次我這樣做，周圍人都會漏出驚訝和歎息。我搞不清楚怎麼回事，過了一會兒，當地的日本人協調員小聲對我說：「不好意思，請您不要碰任何東西。因為你們種姓不一樣，你碰過的東西，他們就不能再用了，必須全部扔掉。」

真是太震驚了。我趕緊把手抽回來，一直向他們道歉。這種規矩，我實在是無法理解。

回到家的父親

就在這時，這家的爸爸回來了。他是在城市裡打工的。去到大城市，種姓觀念沒那麼根深蒂固，所以能找到活幹。那位父親踩著嶄新的自行車回到家，我看到他的樣子，猛地感到一陣窩火。

他長得很高，有一身結實的肌肉。自己吃得那麼好，為什麼都不管自己孩子，弄到現在孩子眼睛都瞎了，這真的是當父親的嗎？

從加德滿都一同前來的翻譯人員，也對那個父親開始了說教：「你啊，怎樣

接受過手術後，孩子的眼睛慢慢康復。

也該對家裡負點責任吧。」

但是，在男女極不平等的社會，他並不會受到什麼指責，男人們不回村子也沒什麼大驚小怪的。就算不給家用也沒什麼不可思議。哪怕寄錢回家，也不會用到孩子身上。

這已經超出了我的理解範圍，無法簡單用一句「文化差異」解釋一切。結果，孩子永遠會成為犧牲品。對那個孩子來說，種姓制度也好，父母也好，都不是為他著想的。他一輩子都看不見光明。

村子裡其他的小孩子，都和這孩子友好相處。在種姓制度中，向生活窮苦的人伸出援手會成為自己的恩惠。大家就是相信這一點，才會對那個孩子那麼好，拖著他的手，帶著他到處走。他無時不在地上摸，希望找到一點可以吃的東西。我看到他在拚命找吃的模樣，就想痛扁那個爸爸。

我想，那父親一定也不願意待在村子裡吧。如果告訴你，你就是這個種姓，那肯定是能不回來就不回來了。但又不能拖家帶口離開村子，於是最大的犧牲者就是這個眼睛看不見的孩子。媽媽也瘦得皮包骨頭，另一個小妹妹耳朵裡都出膿了。護士當時的怒吼至今回盪在耳邊：「為什麼拖到現在都不來看啊！」沒有受過教育的年輕媽媽，也是社會上的受害者，她們哪有能力去保護孩子呢？

醫生的巡迴檢查

我們跟隨治療營的醫生來到了學校。治療營有不少醫療器材，醫生巡迴各個地方，每幾個月就轉一輪，給當地人體檢、做手術、配眼鏡等，開展各項活動。我們這次跟著一起巡迴診療的時候，他們正在給孩子們做眼科檢查。

如果角膜的透明部分呈鋸齒狀，就證明孩子已經營養不良了。一旦發現這一症狀，就要服用維生素A，每人只需港幣幾塊錢。我們當時發現每八個小孩子中就有一個如此，也有許多孩子戴著遮眼罩。

馬上要嫁人的女孩

我們還去了一個治好了眼睛的女孩子家裡。她十二三歲左右，之前原本看不見，做完手術後稍微可以看到一點。但是，等她恢復視力後，立馬就要嫁為人妻。她說：「已經決定了。當然我是不想去的。可還是早點離開這裡比較好。」

因為如果長大之後才嫁人，會被要求許多嫁妝，也許會導致娘家破產。趁孩子年齡還小就嫁出去的話，能代替幫傭一直使喚幹活，起碼也有人家要。如果那孩子嫁不出去，就會一生變成家裡的累贅，因此她眼睛一治好，父母就早早促成了婚事。這麼看來，治好眼睛到底是一件幸事，還是不幸呢？我感到很疑惑。

我很多時候會思考，自己是不是把發達國家的人權意識，強加到了其他國家的人身上？但與生俱來最基本的權利，我還是強烈認為應該萬國共通的。我想對那個女孩子說：「你可以按照你自己的意志決定結婚。」我也想對那個四歲男孩的父母說：「如果家裡有吃的，請一定先給孩子吃。」來到尼泊爾之後，我真心覺得兒童的權利不可以用傳統作為藉口而不去保護。但要改變長年的想法和習俗，實在難於登天。

女孩眼睛康復了，卻被迫嫁人。

活躍的日本義工

在比爾甘傑的醫院裡，有一位年輕的日本人醫生，從事眼科醫療工作。原來，日本的眼科醫生組成的義工團隊，定期會來這裡做檢查。這位年輕醫生說：「不知道我們能持續到什麼時候，但只要資金不斷，我們就會繼續努力下去。」是一群盡心奉獻的義工們。

另外還有一名日本人協調員，冒著生命危險在當地扎了根。做義工活動，只派醫生去是不行的，也需要這樣的協調人員。協調人員的工作，是與當地人攜手努力，聯絡尼泊爾和自己國家的政府、有錢人，整合兩國的資金開展活動。醫生每半年或一年來一批，這方面也需要進行協調。如果人數不足，還要動員當地的醫生。有這些可靠的協調員在活躍著，給了我很大的勇氣。

被世界拋棄的孩子們

尼泊爾這個國家，如拼圖一般由多個民族組成，加上自然環境優美，是個非常有魅力的地方。雖然當地人們及政府也正致力解決貧困問題，但我覺得，如果每個人的想法不改變，還是很難做好。

我無法理解他們對於種姓制度的執著。人一生下來就被劃分等級，我認為這只是以前的領導者為便於管理才制定出來的、毫不講理的規定。那個四歲的男孩子和我的四歲兒子有什麼不一樣呢？我搞不明白。這位女性與那位女性，又有什麼不同？我不清楚。

他們說：「靈魂是不同的。前世是不同的。」可我想說：「是誰想出來的歪理啊。」種姓制度是為管制社會的一個體系，不是宗教。真正的宗教一定不會這樣。只要是人，誰都可以被救贖，大家應該是平等的。我想，年輕人們慢慢去到大城市，一定會在那裡得到解放。

我在心裡默默祈禱，希望種姓制度盡早消失。活在富裕的地方，很多這樣的故事不會進入我們的耳朵，可是還有一群陷入赤貧泥潭中的孩子們，被這個世界所拋棄。我們絕不能忘記他們的存在。

我們都是地球人——被遺忘的孩子

作　　者　陳美齡
譯　　者　陳怡萍

責任編輯　寧礎鋒
書籍設計　施學佳

出　　版　三聯書店（香港）有限公司
香港北角英皇道四九九號北角工業大廈二十樓
Joint Publishing (H.K.) Co., Ltd.
20/F., North Point Industrial Building,
499 King's Road, North Point, Hong Kong

香港發行　香港聯合書刊物流有限公司
香港新界大埔汀麗路三十六號三字樓

印　　刷　美雅印刷製本有限公司
香港九龍觀塘榮業街六號四樓A室

版　　次　二〇一八年七月香港第一版第一次印刷
二〇一八年十一月香港第一版第二次印刷

規　　格　三十二開（125mm × 185mm）三一二面

國際書號　ISBN 978-962-04-4354-1

MINNA CHIKYU NI IKIRU HITO (1-4)
by Agnes Chan

三聯書店
http://jointpublishing.com

JPBooks.Plus
http://jpbooks.plus

如欲了解更多災難中兒童的生活狀況及 UNICEF 的緊急救援工作，請瀏覽 https://www.unicef.org.hk/crises/